U0754650

我正在云南

洪 峰 著

北方联合出版传媒(集团)股份有限公司

万卷出版公司

ⓒ 洪峰　2019

图书在版编目（CIP）数据

我正在云南 / 洪峰著. — 沈阳 : 万卷出版公司，
2019.8

ISBN 978-7-5470-5157-3

Ⅰ.①我… Ⅱ.①洪… Ⅲ.①随笔—作品集—中国—
当代 Ⅳ.①I267.1

中国版本图书馆CIP数据核字（2019）第100472号

出 品 人：刘一秀
出版发行：北方联合出版传媒（集团）股份有限公司
　　　　　万卷出版公司
　　　　　（地址：沈阳市和平区十一纬路25号　邮编：110003）
印 刷 者：辽宁新华印务有限公司
经 销 者：全国新华书店
幅面尺寸：145mm×210mm
字　　数：208千字
印　　张：9.5
出版时间：2019年8月第1版
印刷时间：2019年8月第1次印刷
责任编辑：张雪娇
责任校对：高　辉
封面设计：琥珀视觉
版式设计：张　莹
ISBN 978-7-5470-5157-3
定　　价：42.00元
联系电话：024-23284090
传　　真：024-23284448

目　录

我的伙伴

云之南说

寻找丢失的时间

往事春天

生活故事

幻想不可述说

我的伙伴

煤球从巴掌大几百克长到齐膝高100多斤，它就像我眼看着成长的孩子。它生病的时候只有我才可能哄着它吃药：煤球只信任我一个人。

寻找碳黑那只狗

滇东养狗比较有名气的狗场主是在职小学教员丁老师，丁老师的妻子也是小学教员，阎老师。夫妻两个下班之后的时间都用在狗身上，忙得连孩子也顾不上要了。他们的狗在滇东乃至整个云南也算得上品种齐全，有藏獒、拉布拉多猎犬、金毛寻猎犬、德国牧羊犬、大丹犬、罗威纳犬、比特斗犬、苏格兰牧羊犬、阿拉斯加雪橇犬、柯利犬、杜宾犬、大白熊犬、圣伯纳犬；有迷你杜宾犬、查理王小猎犬、松狮犬、博美犬、北京犬、腊肠犬、蝴蝶犬、八哥犬、可卡西班尼犬、贵宾犬、西施犬、吉娃娃犬……不下30个品种，都是从全国各地买来的纯种犬。在这些犬种里，小丁的比特斗犬和藏獒最有名气。小丁夫妇的狗场总共养有四只比特，一公三母；有六只藏獒，两公四母。

这里讲碳黑的故事。

碳黑是一只刚刚做了母亲的藏獒，它的五个幼崽在生下之后死了一个，剩下的四个就不允许任何人接近了。除了小丁，连小阎走近它的孩子碳黑也要攻击。其实小丁后来要动幼獒也得事先领开碳黑，否则它也不敢保证碳黑就一定会对他网开一面。小丁的嘴唇下现在还留着一个小疤痕，那就是碳黑留给他的纪念：他刚刚弯腰去抱一只小藏獒查看身体状况，碳黑抬嘴就是一口，小丁的下嘴唇给碳黑咬了一个小洞，鲜血一下就涌出来；发现自己咬了主人的碳黑连忙松开牙齿低头躲开，庆幸的是碳黑没有用力拉扯，否则小丁的嘴巴大概就烂了。

一心要把养狗做成大事业的小丁犯了一个错误，他把碳黑借给了一个县级电视台。这家电视台要给他的藏獒拍电视片，想表现一下藏獒在野生状态下的生活。小丁觉得这也是给自己的狗场做广告了，马上就高兴地答应了。电视台的人挑选了半天认准了碳黑，小丁希望他们能选择另外的狗，因为碳黑的幼崽还没有完全结束哺乳期。但电视台的就要碳黑，急于要进行宣传推广狗场的小丁只好答应。

为了电视台人员的安全，小丁给碳黑注射了麻醉剂。人们把碳黑装进铁笼子搬到汽车上，小丁眼睁睁看着汽车带着碳黑驶去，心里有点空落落的。

第二天电视台那边就来电话了，说碳黑挣脱了链子又咬开笼子的铁丝，逃跑了。

小丁计算过碳黑回家需要的大致时间：由曲靖市区至那个县城约200公里，如果按照电视台所说的碳黑在中途逃跑，至多三天它就能回到家里。但三天过去了，还没有见到碳黑的影子。小丁开始怀疑电视台工作人员的说法。他首先想起碳黑是注射了麻醉剂的，它苏醒以后也没有力气去逃跑；其次碳黑要逃跑也得等到下车以后，否则它不会盲目地从汽车上跳下；藏獒不是那种鲁莽的狗，它很会掌握时机。

不管他怎么想，碳黑毕竟没有了。电视台那边给了小丁5000元钱作为赔偿，小丁一万个不高兴也只能认栽。

　　第七天的时候那家电视台的一个工作人员给小丁打电话，说："你的狗不是半路逃跑的，他们把碳黑拉到雨碌大地缝拍摄藏獒野外生活纪实，碳黑挣脱链子跑掉了。他们害怕你要高额赔偿，编造了这些瞎话。"雨碌大地缝是滇东北的一处自然景观，是会泽县自然风景区的一个景点。一座大山中间突然裂开一条石缝，有当地文人把这条裂缝叫"生命之门"。其实是因为石缝看上去和女人的外生殖器差不多，既然和生孩子的地方一样，当然就是"生命之门"了。走进去是很清澈的一条地下河流，可以在河里行船。但糟糕的路况和路途的曲折遥远，每年只有很少的昆明人和曲靖人会在节假日到这里短途旅行，来过一次也就没有再回头的。

　　小丁没有找电视台理论，毕竟是自己愿意给人家拉去的，毕竟人家还给了5000元补偿，在情理上不好再纠缠不清了。

　　小丁决定自己寻找，他感觉碳黑不会就这么轻易丢了。大家当时最担心的是碳黑给那些专门打狗吃肉的人遇到，他们会驾驶汽车或者摩托车追击，狗怎么也跑不赢他们的。这些人手里都有猎枪，就怕碳黑给他们看见。

　　学校还在放寒假，小丁有足够的时间。他把家里的事情都交给小阎，驾驶着摩托车就上路了。曲靖通向会泽县雨碌乡中间经过宣威，电视台的车辆就是沿着这条公路行驶的。小丁担心的是碳黑在麻醉状态中对路线没有记忆，它要回家大概只能依靠自己的本能了。小丁养狗算得上经验丰富，它对狗的本能始终怀有敬意。这也是他能下决心寻找碳黑的原因，否则七八天都没有踪影，他就该放弃希望了。

小丁沿着公路直奔宣威，过了宣威直奔者海镇，他没有去雨碌，他估计碳黑无论怎么绕圈子也该走出雨碌了。小丁中午出发，到达者海已经是晚上。他在镇上休息一个晚上，第二天早晨就沿着来路开始了寻找。

小丁的计划还是很科学的，他先到达最远端，再从远端向回寻找，这样做找到碳黑的机会要大些。如果从近端开始，反倒极有可能错过碳黑。

山区没有平原那么多的公路，小丁只需沿着公路寻找就可以了。他遇到人就问："你老看见一条大黑狗了吗？"大部分人都说没有看见，有回答说看见过一只黑狗，小丁就按照那人指点的方向找过去。黑狗还真看见了几只，但很远小丁就知道那不是他的碳黑。

小丁从者海出发一直走到大井乡，终于有人说看见过他要找的大黑狗。小丁对这个山民详细描述了碳黑的模样，山民想了一会儿，说："四天前是看见过这么一条狗，我从来没有见过那么大的狗，就像一头熊似的。"

小丁急忙问黑狗向什么方向去了。山民看了看公路，又看了看两边的大山，说："沿着路边朝东边跑下去了。"

小丁非常激动，他拉住山民敬烟。两个人又聊了一会儿，小丁更加确信那大黑狗就是他的碳黑。

小丁又急着赶路，他要在天黑前在龙潭镇附近住下。

在抵达龙潭镇之前的那段时间里，小丁还从一个人嘴里打听到了碳黑的踪迹。碳黑的确在去宣威的方向上，就是说找到它的机会还是有的。小丁担心的是山民看见狗的时间最短已经过去三天，在此后的几天里碳黑是不是还活着。它吃什么？山里它不会去，没有野物给它抓；村子里倒是有吃的东西，但咬了人就麻烦：村民不会轻易放过它的，刀枪剑戟斧钺钩叉一齐招呼，碳黑即便真是一只熊也……

　　当晚小丁在龙潭镇上格村的一个农民家住下了，他是在村边的小溪喝水的时候遇到这个农民的。两个人坐在小溪旁抽烟说话，小丁和农民说起他的碳黑，农民说："前两天听李金包说起过一只大黑狗，要不是因为那狗瘦得皮包骨头，就一枪打了拖回家煮肉吃了。"农民说："这地方彝族多，没有几个人会杀狗来吃。李金包是汉人，他这人不管那个，什么都吃。"

　　小丁心里很高兴也很难受，高兴的是碳黑还活着，难受的是碳黑一定是很久没吃什么东西了。藏獒天性和宠物狗不同，它对人类有一种与生俱来的戒备。碳黑不管如何饥饿也不会进入村庄，它充其量在村子边缘寻找一些食物。在贫穷的山区里，村子周边很难找到适合藏獒的食物。碳黑丢失已经十二天了，小丁担心碳黑大概要活活饿死了。

　　当天晚上小丁在这农户家里住下，第二天早晨刚刚能看见东西就爬起来。他不想再搅扰人家，就把5块钱放在枕头上。小丁推着摩托出门拐上公路，一路疾驶向业肥。这段路上没有什么消息，小丁随便吃了几口东西，在小溪边洗了脸喝了水。即将到达新坪的时候，小丁觉得有希望了。

　　他看见一个背竹篓的年轻女人，小丁停车询问。

　　山里女人遇见陌生人开始都有点紧张，她把头上的花格围巾用力下拉，把面孔尽量遮掩起来。

小丁说："狗丢了十几天了，我找它找得也要累死啦。"

女人放松了一些，她朝山边指了一下，说："我早晨看见那边的竹林里有一条黑狗，不知道是不是你的狗。"

这时候又过来一个老汉，他问女人有什么事情，女人就说了。小丁连忙递烟过去，老汉说："那条狗昨天傍晚就在竹林里了，一直趴着，怕是快要死掉啦。"

小丁确信那就是碳黑，他一边"谢谢、谢谢"，一边驾驶摩托车朝山脚奔过去。临近山脚已经没有像样的道路了，小丁把摩托车停放在小路边，徒步向竹林走过去。那是两三亩面积的竹林，生长在山脚的一片斜坡上。离竹林还有100米的时候小丁就忍不住叫："碳黑！碳黑！过来！"

他没有听见碳黑的叫声也没有看见碳黑的影子，小丁的心重新提了起来。他继续走近竹林，继续呼叫狗的名字。

越接近竹林，小丁就越紧张。他距离竹林只有十几米了，还没有碳黑的声音和踪影。

小丁看见一团黑色的东西立了起来，小丁大叫："碳黑碳黑！"他飞奔过去。

碳黑看着主人，它已经叫不出声音，也走不动了。它站立起来看着小丁摇了几下尾巴，然后就倒下去。

小丁跑过去抱住碳黑，碳黑试图舔一舔主人，但它没有力气扭转脑袋。

小丁的眼泪一下就流出来，他抱着碳黑摸啊拍啊亲啊。

小丁连忙给小阎打电话，叫妻子赶紧雇车。

小丁把随身带着的面包和香肠都拿出来，让碳黑一点儿一点儿吃下去，抱起碳黑走到小溪边用手掬了水给它喝了。碳黑的精神好了一点儿，它能够抬起头看着主人了。

小丁一看碳黑的眼睛，忍不住又哭了一阵子。

谁也说不好碳黑是怎么挺过来的，更说不清碳黑是怎么走对了方向的。碳黑是注射了麻醉剂的，这种情况下的狗是没有方向感也没有记忆的。但碳黑的确是沿着公路回家的，它怎么躲过许多危险也没有谁能知道，它都吃了什么怎么会饿成这个样子同样谁也说不清楚。

有一点是能看明白的，那就是小丁自己出来寻找是碳黑能活着回来的唯一途径。如果小丁丧失信心放弃寻找在家里等待，碳黑就没有机会活下来了。

我的意思是说：碳黑这狗，好！小丁这人，也好！

藏獒卡邦

云南曲靖市郊区有一个叫西山的地方，那里有一所公办小学。教音乐的老师姓李，女的，今年刚刚30岁。李老师的丈夫金是搞美术的，他最大的愿望是成为画家。为了成为画家，金放弃了教员的职业。妻子对丈夫的野心理解也支持，具体表现就是陪同丈夫一起走青藏跨天山。他们几乎走遍了中国的西南和西北，丈夫画了数不清的画，但还没有得到权威的认可。金很想举办一个个人画展，但没有钱也没有单位肯出场地。也就是说他们的生活不是很富裕，准确讲是很拮据。两个人的小家庭和金的大家庭住在一起，基本上是一个女人挣现钱，其他人挣的钱就不那么及时了。

云南人吃马铃薯很闻名，曲靖一带马铃薯尤其丰产。金和李也经常吃马铃薯，李老师的卡邦也和人一样吃马铃薯。不同的是人不把马铃薯当作主食，卡邦把马铃薯当主食。

李老师说："我的卡邦只吃洋芋（云南人称马铃薯为洋芋），我的卡邦从来就不吃肉。"事实上卡邦见到生肉或者熟肉都要眼睛发直，馋得流口水，但它能忍受。

金和李老师的日常生活水平可见一斑，但卡邦的身体状况一直不错，从来没有闹过什么病。

卡邦是一只俗称"铁包金"的藏獒，李老师在西藏买回来的。他们在买到卡邦之前已经买了两只幼獒，两个人口袋里总共还剩下不到1000元钱。看见卡邦之后金就说这只要比那两只好，是真正的"铁包金"。李老师买藏獒完全是受丈夫的蛊惑，她最初的想法是要养藏獒挣钱。李老师听金说一只藏獒能卖几百万，就决定把现有的钱用来买藏獒。她从来都相信丈夫是个人才，否则也不会这么跟着他吃洋芋。李老师把自己口袋里的钱全掏出来给了那个康巴汉子，然后抱着出生50多天的小卡邦回到了云南。汽车一路颠簸走了十几天，小卡邦几乎就没有离开过李老师的怀抱。

卡邦从此只认李老师这一个主人，它连金也不认。卡邦平时对待金敬而远之，但他只要是敢碰李老师一下，卡邦上来就咬，一点儿面子也不给。李老师开始的时候很得意，但看到卡邦拒绝所有家人才感到不妥。其他人也不敢招惹卡邦，除了卡邦太凶，还因为另外两只小藏獒带回到云南不久就死了，卡邦是全家脱贫致富的唯一希望了。

为了能和卡邦搞好关系，李老师就让金带着卡邦遛弯儿。卡邦没有反对的意思，金就拉着链子和卡邦出去。卡邦到了野外就兴奋，它想跑起来但金跑不了那么快，金就只能拽住链子。卡邦回头看金，金也看卡邦。

大概金的眼光有些愤怒的内容，卡邦转回身就扑向金。金丢开链子拼命朝家里逃窜，卡邦已经自顾自地玩耍去了。

金跑回家，喘吁吁叫道："老婆！快去把卡邦弄回来！"

李老师问："卡邦不是跟你出去的吗？"

"它疯子似的朝前跑，我拽链子它就回头瞪我。我怎么也得回瞪它吧？拉瘟的红着眼转回来就咬，除了撒腿就跑，我还能做什么？"

后来卡邦白天被关在李老师的房间，中午和晚上李老师回家才敢把卡邦放出来在外面遛遛。夜间就把卡邦拴在院门旁边，外人谁也别想完好地通过这一关。卡邦还有一个非常奇怪的行为：它只允许你双脚不着地，也就是坐在凳子上还要举着脚；你一旦脚挨了地面，卡邦就要冲上去咬你。

金一直想把卡邦卖掉，但李老师已经不想卖了。

卡邦两岁大的时候金的弟弟结婚了，卡邦坐在院子里照看家门。

金家的一个亲戚从山里赶过来参加婚礼，他当然还不知道有一只叫卡邦的狗会咬人。他走进金家大门的时候卡邦用叫声警告，这个亲戚以为卡邦是金家过去养的一只小狗长大了。他大声骂："叫什么叫你这拉瘟的！怎么连我也敢咬？"他以主人的心态抬脚踢向卡邦，卡邦张开嘴巴正好把他的腿肚子咬住。亲戚来不及后悔，整个小腿肚子的肉就已经没了。

李老师已经病了很久，是很难治疗的一种疾病。家里办喜事也是为了冲一冲，结果反倒见了血。当地迷信说大喜的日子见血非常不吉利，要想冲散这股晦气，就只能把卡邦杀了。

李老师说什么也不同意杀死卡邦，她哭得昏迷了好几次，但亲友们依旧坚持要杀掉卡邦。金虽然也不喜欢卡邦，但知道妻子把卡邦看成自己的孩子一样。金不忍心让妻子在病中还要遭受打击，就给养狗的朋友打电话："你把卡邦拿走吧。你让它好好活着。"

卡邦被注射了镇静剂，这样做是为了防止卡邦醒来之后再找回它的家。专家说注射了镇静剂或者服用了安眠药的狗，再有本事也会失去各种记忆能力，醒来之后基本上对环境和路途的记忆是一片空白。

卡邦醒来以后就再没有吃过东西，谁给它东西连看都不看一眼。新主人不想看着卡邦死掉，就绑住卡邦的四肢给它注射葡萄糖灌一些营养液。卡邦站立的时候四肢已经没有力气支撑身体，但它还是摇摇晃晃试图攻击接近它的人。

狗场主打电话给小燕，他想请小燕过去看一看。他知道小燕有这个本领：陌生的狗很快就能和她建立起友好关系。"它已经一个月没有吃东西了，这样下去会死掉的。"

我和小燕看望卡邦的时候，卡邦已经不能站立，它趴在笼子里，头高高地抬着。它不叫是因为没有力气叫，它一直看着笼子对面的墙壁。

我试图和它说话，它看我一眼，然后转脸又看墙壁。卡邦瘦得只剩下骨头了，脸长长嘴巴也尖尖。正常情况下的藏獒可不是这样：宽脸宽嘴巴。卡邦下半身的毛都和泥巴粪便粘在一起了，很远就能闻到腥臭的气味。

听了狗场主讲的故事，我觉得卡邦只认李老师一个人完全是人为造成的。她基本上不允许卡邦和别人亲近，卡邦和家人的关系非常疏远。藏獒的个性之一是对陌生人戒备心强且充满敌意，金家人和陌生人没什么两样，只是见面次数多一些罢了。藏獒的另一特性是不会因为和你见面次数多就对你放松警惕，它或许会吃你给它的东西，甚至可以和你玩玩，但如果你什么举动不太合适，它依旧随时准备进攻。藏獒的第三个特点是对它认定的主人极度忠诚，一个新主人要一只成年藏獒接受它的领导难于上青天。正因为这样，我不相信小燕这次能做到和卡邦建立联系。

"试试看吧，能让卡邦吃东西就好了。"小燕说。

葡萄糖和营养液起了作用，我们再次看望卡邦的时候卡邦已经可以站起来了，卡邦又开始有力气叫了。

小燕进入狗舍的院子以后，卡邦站起来粗声粗气地叫起来。小燕走近笼子跟它打招呼，卡邦奇怪地看着这个人，忘记叫的事情了。小燕坐在笼子外和卡邦说话，一直说了半小时。卡邦一直站着看小燕，后来终于安静地卧下了。它看着从笼子的网眼塞进去的香肠，又看着拿香肠的人，然后它把香肠衔进笼子，把香肠放在地上看了看又嗅了一会儿，然后卡邦把香肠慢慢地吃了。

狗场主用双手轻轻捶打自己的前胸，说："妈呀妈呀！它终于肯吃人给它的东西啦！"

他很激动，声音颤巍巍的。"我的妈！一个多月啦，卡邦还是头一次吃东西！人给它的东西！"

一次历险和脱险

山里的牛似乎都不怎么怕狗，每见到狗，头牛就要率先发起进攻。其他牛一声不响跟在头牛后边，那阵势即便狼也害怕。狼的确害怕牛，尤其害怕群牛中的头牛。听故事可以不那么当真，但老燕小时候被自家大黑牛救了一命的确是真的。那时候她刚刚五六岁，上山放牛的时候就遇到了一只狼。她以为是一只狗，还招呼那狗过来。大黑牛可不那么友好，它一直把小姑娘挡在自己的肚子底下，瞪着大眼珠子跟那狼对视。后来狼走掉了，回家后跟她爷爷汇报，爷爷摸着她的脑袋说："憨娃嘎！那是一只狼哈！"

十回有十回，狗都是落荒而逃。我知道这个，所以每次带煤球上山遇到牛群，总是老远就绕开，实在绕不开就躲到沟沟里去。牛们在这种情况下就在放牛人的吆喝声里大摇大摆走过，还能听见放牛人嘻嘻哈哈地询问："啥样狗哈？大得很呢！"我只能忍着，笑着回答："土狗哈！"我可不想说什么藏獒，免得给人笑话。

我进山几次都没有见到狼，当地人说深山里才有，言外之意是说我这不是进山。村里人对我的爬山能力很轻视，所以几乎没有谁愿意陪着我进山。我只能在村子周遭的小山上转转，好在我也没有太大的野心：我只是想锻炼锻炼，并不想做登山家。

立冬之前这里突然下了一天的细雨，我问村里人是不是还能捡到蘑菇。他们说没得啦没得啦，早就没得啦。我不太死心，跟老燕说："你不是说下雨后上山就能捡到蘑菇吗？不是刚刚下了雨吗？"

她说："季节不对啦，蘑菇不生长了。"

我说我们上山看看，我觉得还能有。

我们就上山了，当然还要把煤球带上。

我之所以认为还有蘑菇，主要是根据气温。虽然季节接近了冬天，但气温还不算低。蘑菇生长的两个条件似乎还都具备，值得试试。

果然有蘑菇。

老燕高兴坏了，说："这可是今年最后一点儿蘑菇啦！你运气好！"

老燕在林子里捡蘑菇，我在树林边带着煤球走来走去假装给她站岗巡逻。不是老汉装奴隶主，是因为老汉的眼神不行，根本看不见草丛里藏着的小蘑菇。

走了一会儿我就累了，坐在一块石头上歇脚。这时候我听见老燕喊我快点儿躲开，她喊："牛群上来了，快带煤球躲开！牛会顶你们！"

我站起来时就看见一头牛正朝着我这里攀上来，它身后跟着一群牛，它们一声不响离我已经很近了。老燕大声说方言，我猜她是让放牛的叫住他的牛。放牛的也大声说方言，但牛们还是在头牛的带领下朝我和煤球冲过来。

后来我知道放牛的跟老燕喊着说牛现在不听他的了，它们就是要顶你们的狗。他大喊叫我们快点儿跑，但我根本听不懂他说什么，我认为他故意要看我和煤球的笑话。

但那时候顾不得生气了，我拉着煤球往山顶上退。煤球似乎不肯退，它用力挣链子，脑袋始终对着那头稳健逼近的头牛。我一边吆喝煤球跟我退，一边四下张望寻找退路。山上生满了树和很高的野草，山民踩出的小路只有到了跟前才能看清。以我的眼神，基本就是瞎窜，跟头把式赶哪儿是哪儿了。

我们很快退到了山顶，那牛依旧不紧不慢地跟上来，它的沉默的确让人想叫喊救命，好在我只顾了找路，根本没机会叫。我还没有吓破胆，能听见老燕喊叫的内容可为证：她喊我快点儿躲进树丛，她喊："树丛牛进不去！"

我没有按照她的指示办，可以第二次证明我还没吓破胆。我不认为树丛里安全，我觉得树丛不是铁栅栏，头牛或者犄角顶或者蹄子刨，我们都属于自钻牢笼死定了。我还想到实在不行我就松开煤球，它至少比黄牛跑得快。我感觉自己还不至于被牛顶了，我想我还有能力躲开。

我们又开始往山下退。

煤球始终在跟我拔河，它就是不想退。很奇怪的是它始终没有叫过，就那样被我拉着倒退。我看不见它的眼睛和表情，也不知道它为什么不快点儿跟我跑。那会儿我还有闲心想到在屋子里养大的藏獒也算宠物了，它大概还好奇这头牛在干什么，根本不清楚人家是想要它的命。

往下退要狼狈得多，我基本上是连滚带爬。煤球怎么随我下来的我根本就没看清楚，反正每次我正了身体时，都看见它脸对着那头牛，尾巴也始终卷在背上。

我们退到山腰的小平台上，这时候我已经上气不接下气了。我看见放牛人站在平台下的一块梯田上，对着我说那些听不懂的话。

我连忙说："你快点儿叫住你的牛！我要放狗啦！"

他又说了几句什么，我听不懂，但看他的表情，我知道他听懂了我的话，他一定是在说我很可笑之类的话。

这时候头牛也追赶到了平台上，它身后还有牛跟过来。煤球还在跟我拔河，它被链子拉着，画着半圆面对着头牛。头牛也对着煤球，它半低着脑袋，两只角很扎眼地伸着。其他牛站在较远的山坡上朝这边看，我担心它们看准了机会一拥而上。

我顾不得和放牛人说话了，我打算放开煤球让它脱险。

这时候发生了谁也没想到的一幕。

头牛突然转身就跑，它几乎是慌不择路，转瞬间就消失在树林里。其他牛也跟着头牛跑掉了，它们几乎是一眨眼间就无影无踪了。我正愣着的时候，煤球已经转过身对着放牛人冲过去。我拉紧链子，它挣着还要上去。

放牛人突然挥鞭子抽了煤球一下，煤球又跳起来扑过去。我被放牛人的举动激怒了，我放松手里的链子，煤球直扑放牛人。它即将扑住放牛人的时候，我又拉紧链子。

我骂："拉瘟的你打我的狗！"

煤球在半空中被我拉住，它落下来又跳起。放牛人似乎一下子醒过神来，连滚带爬跑了。煤球闷雷似的叫起来，这时是它在这么长的时间里头一次叫唤，它因为不能抓住那个打他的人而生气。

放牛人朝老燕捡蘑菇的地方逃过去，我听见他和老燕叽里哇啦说什么。

四周都安静下来，我坐在平台上感觉自己快虚脱了。煤球坐在我身边，我仔细看看它，它抬起大脑袋看看我，然后拿鼻子拱拱我的下巴。我突然回想起在整个过程中煤球始终没有让我直接面对那头牛，它始终处在我和牛之间并且一直面对着牛。我猜它不叫是因为它不害怕，它需要集中精力根本没打算用叫声去威胁对方。我还回想起它扑向放牛人的那个瞬间，根本就不像一只狗而是小型号豹子。此刻它很平静，好像什么事情也没有发生过。它很专注地寻找女主人的痕迹。它站起来时，顺着它看去的方向，我看见老燕从树林一角转出来。

老燕说吓死我啦吓死我啦。她说我看着牛追你们干着急！她说我以为你们跑不掉了！她说那牛怎么突然发疯似的跑掉了？她说放牛人也是他们村的，他一边跑一边跟老燕解释说那牛直奔狗过去，他也叫不住；但他不明白那牛怎么会怕狗？他骂："拉瘟的（牛）要去惹，惹就惹哈，怎么还跑掉啦！害得我差点儿给那大狗吃了！"

此后的几天我们再没有见过他去那里放牛，我每次遇到牛群还是尽量远点躲开。但我知道现在我不是为了煤球的安全躲避，而是为了放牛人和牛的安全躲避。

放牛人照例笑话我的狗，"小心牛噶！好大的狗！"

我也笑着回答："是啦是啦！土狗哈！"

任狗唯亲

熟悉我的人都知道我最心爱的藏獒就是煤球。

它在28天的时候和我们成为伙伴，养活它比养个孩子还要麻烦。无论如何它还是长大了，它还成了最好的保镖。有它在老燕身边，我从来不必担心老燕的安全。可以毫不夸张地说，煤球自己就抵得上三四个壮汉保镖。我讲过藏獒最特殊的品质是除了养它长大的主人，其他人一概视为敌人或者嫌疑人。煤球在这一点上是无可挑剔的，除了我和老燕，其他人就算是和它相处上一年，它也照样会毫不犹豫地攻击你——在它认为你威胁到主人或者主人财产的时候。

煤球长得没有我预想的那么高大，原因是它一直生活在沈阳的屋子里：不敢带它出去遛弯，不敢带它出去晒太阳，于是煤球就无法像它父亲那样高大。也是因为这个，我才下决心到云南的山里，我的獒们因此享受了最大限度的自由和最干净的阳光。

小獒们一天天长大了，我知道它们的身高和体重最终要超过煤球。我甚至想到了终会有那么一天，小公獒们会挑战煤球的领袖地位。我期盼这一天，忧虑这一天，不知道这一天来到的时候对煤球意味着什么。说到底我不知道这一天的到来对我意味着什么。煤球从巴掌大几百克长到齐膝高一百多斤，它就像我眼看着成长的孩子。它生病的时候只有我才可能哄着它吃药；煤球只信任我一个人。从我的愿望来说，我希望煤球永远是这群獒中的领袖。我清楚这个愿望很难实现，但愿望是一种感情。

在我的獒中间，我最瞧不上眼的是博士。给它起一个如此有学问的名字就证明我对他的态度：我讨厌人类中间的博士或者这个士那个授的，我一直认为这个种类里杂碎多于纯粹。从识辨狗的角度说，就是血统里有品性方面的问题。博士在獒中就最坏，它每次喝完水就跳进水盘，或者把水盆踏翻，或者在水盆里洗脚；它咬人的时候也比较卑鄙：偷偷摸摸突然上去就一口。煤球攻击的时候都是迎面而上的，即便是小卢克也是迎面而上的。我曾经想把博士送人或者卖掉，但老燕说不可以不可以的。她说博士现在还小呢，它长大一点儿就会变样的。

我并不相信老燕的预告，但也不想她为失去博士伤心。她这个人只能养狗不能卖狗——只要是她养大的狗，不论品种不论好孬，一概舍不得给人。卖给别人，更是想也不要想了。

獒们血统越纯正，夭折的可能性也越大。我们的獒就夭折了很多只，每次都尽力去治疗，但不治而亡的獒还是有六七只。小獒临死前的举止和人类死亡前的回光返照差不多，一旦那只生病的小獒突然不肯睡觉，睁着水汪汪的眼睛盯着主人，它几乎都挺不过这个夜晚。那种情形你很难忘，于是也给我留下后遗症：健康的獒那样看着我，我的心马上就提起来。我明明知道它没事儿，但还是紧张。

博士知道我不喜欢它，见了我就夹着尾巴溜边儿。它也经常试图亲近我，我也努力做出喜欢它的样子。我没法子改掉它踏水盆的恶习，也没法子改变它偷袭的作战思想。我很难喜欢它，几乎所有的獒都享受过和主人同室而眠的快乐，唯独博士没有：我看见它贼溜溜的样子就来气。

不管我是否喜欢，博士和所有的小獒们都在一天天长大。

博士作为一只雄性虎头獒，它的头还没有煤球那样漂亮，但身高已经超过了煤球。只是它的脸上没有煤球的那种威严，看上去始终是贼头贼脑的。

这天上午我听见楼上的獒群骚动起来，激烈的扑打声伴随着尖叫声。我知道它们之中的两个正在打架，我连忙跑出来。在楼梯口我站住，我想知道今天是哪个赢了。

我看见博士骑着一只黑色的獒，博士身体膨胀得厉害，看上去比以往要高大很多。这时候博士回头看见了我，它立刻返身跑到楼顶。

那只被它骑在身下的獒站起来——

是煤球！

它看了我一眼然后飞快地跑上了楼顶，就像偷东西被发现之后的孩子。

我站在楼梯口，那个瞬间我脑袋里很空白，两腿有些发软。

我慢慢地恢复过来，想到这可能是因为楼道狭窄，煤球一个疏忽就被博士占了上风。我愿意卢克或者高原中的任何一只打败煤球，就是不想看见博士打败煤球。问题是高原和卢克都更小，它们要战胜煤球至少还需要几个月的等待。

这天下午博士和煤球又打了一架，煤球又输了。它被博士骑在身下，它试图翻身但被博士牢牢地骑着。博士浑身的毛都竖立着，看上去像一只小狮子。看见我，博士马上放开煤球跑了。煤球这一次没有看我，它爬起身也飞跑上楼顶，进了它的房子就不出来了。我叫它，它也没有出来。没脸见我？我不知道……

对于势必要发生的事情，我总是有所准备的。我说的准备主要是指内心情感层面，这种准备或许有些好处，比如说悲剧产生在你的预感中，比如成功产生在你的意料中，你有了足够的内心准备，一般说来就不会出现大悲大喜的情形，这种状态有助于你做一个精神健康的人，至少不会成为中了举人的范进或者那个终日念叨阿毛的祥林嫂。

但无论怎么想，我都很难接受煤球被博士打败的事实。博士还不到一岁呢，煤球可是大小伙子了。煤球长得的确不够大，它本可以长得和博士一样高大健壮。这怪不得它，怪只能怪我们一直把它养在都市里。

自从博士打败了煤球之后，它就成了獒群的领袖。煤球大部分时间是自己待在一个相对安静的地方，但看护家园的责任心丝毫未减。这也是煤球始终让我喜爱的根本原因，它的忠诚不因任何事情发生改变。其他小獒把恭敬都给了博士，对待煤球基本上就是做做恭敬的表面文章：给它舔一下嘴巴然后转身离开。以往可不是这样，看见煤球的时候所有小獒都蜂拥而上给它献殷勤。

我不想煤球因为失去领袖地位而产生自卑感，就让它住在我们所在的那一层。它在獒中的形象和地位都变了，但在我眼里它始终还是最好的獒。

我期待高原和卢克快点长大，按照我的经验，高原和卢克中的任何一个都可以战胜博士。

我可不介意谁做领袖，除了博士。话说回来，领袖地位最终还是要靠实力获得，我改变不了这个基本规则。在这件事情上，潜规则行不通。

老燕指控我搞"种族歧视"也就罢了，同种族了，又搞任狗唯亲。

我说我承认，有那么一点儿。

外面永远比里面温暖

滇东北下雪的时候是让人充满期待的，人们希望雪下得大些，最好能出现银装素裹的景观。当然这种希望很难实现，这里的雪顶多薄薄地覆盖屋顶，地上的雪落地之后很快就融化了。太阳出来之后你必须抓紧时间看看那些积雪，否则转眼间就消失了。

在东北生活过的人对这里的雪景没有期待，唯一的期待是快些出太阳。对生活在这里的人来说，冬天的太阳就是东北人房内的暖气。有太阳就会温暖，房间里就感受不到冬天。没有了太阳，屋子里就一片阴冷，做什么事情都提不起精神。我在这里度过了几个冬天，最大的感受是这里的房子都建得单薄，每一缕冷风似乎都能顺利穿透墙壁直扑到你的脸上。于是想自己盖的房子一定要加厚墙壁，至少要和北方的墙壁一样厚。窗子也要双层的，最好要安装土暖气——燃烧人工沼气。如果可能，整个屋顶要覆盖一层太阳能电池板，烧水啊做饭啊取暖啊，环保节能省钱。

和我的感受不同，小獒们在这种环境中很惬意。这些祖先在青藏高原的小动物感觉不出有什么寒冷，它们吃饱了睡睡醒了吃，每天都改变一个样子。老燕每天要给丫丫和黑姐增加营养，早晚要加两餐牛奶煮鸡蛋，还要熬红糖水。即便这样丫丫的奶水也不是十分充足，分析原因是丫丫的情绪始终不稳定。这个女獒最大的问题是听见黑妞的小獒叫唤就躁动，总是忍不住要跑出自己的房间窥探黑妞的房间，被黑妞赶回来之后就一副心神不定的样子。老燕把黑妞的小獒拿下来给它让它喂奶，它嗅几下之后就把小獒丢到一边不让小獒吃它的奶。

丫丫不太博爱不太母性。

丫丫的小獒吃不饱叫得厉害，老燕就把它的小獒拿给黑妞。黑妞对待这些小獒的态度和丫丫完全不同，它很高兴有新的小獒，它很乐意给小獒奶吃。黑妞的个头没有丫丫大，但它如今担负着大部分小獒的喂养工作。丫丫呢，它每天只关心自己吃喝，对小獒的饱暖不太关心。我很想揍它一顿，又担心这样会更加使它少奶。丫丫似乎知道我的顾虑，表现得更加肆无忌惮：它竟然敢于到处乱窜，这里扒几下那里触几下，只有公獒接近小獒的时候它才跑回去吼几声。

看着丫丫那种没脸没皮没心没肺的样子，我已经决定要淘汰这个不称职的母亲。我打算在它的女儿中间选一个品相同样好的留下，我必须要选到一个适合做母亲的獒才行。丫丫当然不知道它已经被决定了命运，依旧一副不着调功高盖主的架势。说实话我心里有些不忍，但要培育出好獒，一只各方面都优秀的母獒同样重要。在这个问题上，同情心毫无价值，优胜劣汰是唯一的准则。

也是从这个准则出发，黑妞无疑是最合格的一只母獒。

黑妞对待小獒说得上尽心尽职，它虽然压死了几只小獒，但那只说明它第一次做母亲没有经验。它进入角色之后的表现无可挑剔，更重要的是它对老燕每次给它送去的牛奶和鸡蛋都表现出感激：它喝光牛奶吃掉鸡蛋之后就会舔老燕的手，目光中充满了感谢。獒和主人之间的这种情感互动是十分要紧的，不知道感激主人的獒十有七八会在特殊的时候伤害到主人。丫丫不同，它吃完喝完就颠着屁股乱跑，听凭小獒嗷嗷嗷叫。老燕骂它，它也满不在乎，回到窝里去之后也不急着喂小獒。再骂，它就目露凶光了。

黑妞和老燕的感情比较深，大概是源于黑妞小时候感染细小病毒差一点儿就死了。老燕把它救活了，它就始终对老燕亲近。一般说来一只小狗患犬瘟热或者感染细小病毒活下来的机会不大，治疗期超过一个星期还不见起色基本就宣判了死刑。当时的情况是其他几只小獒都好了，只有黑妞不见好。它站立起来都困难，拉血，血中还带着腐烂的肠肉。但老燕就是不放弃，我一说不治了她就哭。我就不再说什么，她想尽法子坚持治疗，半个月的时候黑妞终于恢复过来。那之后黑妞见到老燕就格外亲热，如果几天见不到老燕它就情绪低落，见了面就抱着老燕不松开，眼泪汪汪的。

不是夸张，獒是会流泪的。它们在一些时候会和主人一起感受快乐和悲伤，你能看见它们有笑脸，也能看见它们的泪水。

小獒们的叫声越来越有力气，它们也有能力从母亲身下挣扎着爬出来：它们被压死的危险越来越小了。也有危险的例外：丫丫昨天压住了一只小獒，它的前肘压在小獒身上，小獒怪叫着挣扎。丫丫似乎很享受那种情境，它一动不动看着小獒挣扎。小獒四脚乱扒挣扎到脖子那儿的时候再也挣扎不动了，我猜测其他被压死的小獒也一定是这种情况。只不过那时候它们还太小，叫的声音也小，几乎在无声无息中就死掉了。

这再一次证明丫丫不适合做母亲。

现在我们采取的方法是每次喂奶时老燕在一边监督，直到每只小獒都吃饱才离开。丫丫在这种时候即便不愿意也只能假装愿意，它那种不情愿的神情一眼就看得出来。

黑妞没有这种时候，它总是十分小心照看那些小獒，包括它额外喂养的丫丫的孩子。要想从它眼前拿走小獒很难，老燕只能采取欺骗策略：先把一只小獒揣进怀里，黑妞就上前讨要；这时候再把第二只揣进怀里，然后拿出先前那只给它。黑妞以为小獒还回来了，注意力都集中在这只小獒身上，就可以带走另外一只了。

毕竟没有人那么大的脑容积，理解万岁。

外面这会儿开始显露出阳光的亮度，虽然太阳还在云里，但温度已经有了明显的上升。楼阴处还有一点儿积雪，平坦的地方湿漉漉的，雪早就无影无踪了。

在三九天还会有几个低温的日子，那种日子外面永远比屋内温暖。

这就是滇东北的冬天。

但不管怎么说，这里的冬天要更短促和无严寒。

春天呢？这里的春天说来就来，立春那天早晨你出去看看，有花儿开放了。

也是一夜之间。

不能长大的安多

在活下来的十二只藏獒中，安多是老燕最心疼的一只。

安多两个月大的时候感染了细小病毒，和它一起得病的还有另外三只。这四只小獒是我从青海和西藏一起带回来的，2009年阳春三月。雅鲁藏布江畔和念青唐古拉山麓有阳光无春意，那种寒冷就像1987年春天的北极村一样刻骨铭心。但寒冷对四只小獒没有影响，它们躺在一只小铁笼里除了酣睡就是吃喝。我和它们第一次见面彼此间就有好感，它们似乎从来没有对我产生过敌意。回到云南后的第十七天它们都感染了细小病毒：它们没能很好地适应滇东北相对温暖的环境。

养过獒的人都知道，感染了细小病毒的獒九死一生。国产的疫苗质量不行，都是克隆德国的，注射之后能不能产生抗体要看运气。我带它们回到云南时，它们也才刚刚断奶。本以为云南毕竟也是高原，但它们还是没能躲过最致命的病毒。四个小獒死了三个，只有安多一个活了下来。

有经验的养獒人也知道，感染了细小病毒的幼獒一般情况下一个星期成为生死临界，活或者死都在这七天内。安多七天的时候没有好也没有死，它时不时拉血，身体散发着恶臭，虚弱得站立都困难。它只有躺在老燕的衣服上才能勉强睡一会儿，否则就睁着浑浊的眼睛不睡觉。所有的小獒几乎都这样，不论在什么地方，只要把老燕的一件衣服或者一只鞋子啊袜子什么的给它们，它们枕着那些东西就睡了。

生命垂危的安多更是这样。

每个小獒死前都有征兆，它们会突然显得很有精神，坐在主人的床边目不转睛地看着主人，目光温和清澈看得你的心一跳一蹦的。老燕在这种时候总是往好处想，"它好了吧？"一般情况下我不搭言，她属于自说自话。她会摸着小獒的耳朵，"不那么烫了，好了吧？"

我终于还是忍不住说："看今天晚上吧，挺过今天晚上，就活过来了，怕就怕挺不过去。"

老燕就不说话了，她知道每次都是我说对了，于是她说我能断生死。她不睡觉，躺在床上面对小獒，獒和人四目相对就那样相互看着。人时不时伸出手摸小獒的头，小獒就用舌头舔人的手。

小獒说不行了就是几分钟的事情，哼叫几声吐出很多咖啡色液体或者拉出同样颜色的液体，然后就无声无息了。

我们的小獒死后都埋葬在将要修建庄园的土地里，村里人说这样不太吉利："怎么好把死狗埋在自家院子里呢？"我们不解释，我们就是要和这些小东西在一起，它们引不出我们的恐惧和厌恶，它们在那里我们感觉到留恋和记忆，它们将来会是一株树一簇花一片青草，是我们的伙伴。其中有两只小獒死前自己走到那块地里，刨了一个小坑，然后躺在里面一直到停止呼吸。我们把土坑挖得深一些，埋葬的时候每只獒再包裹好老燕的一件衣服。前边说过了，生病的小獒只有躺在老燕的衣服上才睡得着。这大概也算是我们和小獒之间的一种特别的联系吧，或许能让自己的内心得到一丝安慰。

实话讲，如果你真心喜欢獒，最好别养獒。眼睁睁看着它们就在你的面前死去，那种感受无法言喻。做个比喻：心脏那个地方像给什么尖锐的东西扎了一样。修复这样的扎伤要很漫长的时间，漫长得时间似乎凝固。告诉充满怀疑精神的智者，那一定不是心疼钱。我自己的记忆中就从来没有想过死了一只獒损失了多少钱，就是一个难受！甚至做梦也会看见小獒，醒来时还会下意识朝床边看看。

安多第八天还没有见好，但还活着。第九天，安多看见我们的时候，连摇尾巴的力气也没有了。

老燕说是不是活不成了？

我说它能挺过八天，就说明它的生命力非同一般，看造化了。

安多不吃东西，除了打点滴补充一些必需的水分和糖，老燕就把米粉冲了，用注射器抽一管，掰开安多的嘴巴推进去；再抽一管，推进去。看得出来安多吃不下，老燕一边跟它说话一边推米粉，它也努力咽下去。打点滴的时候，只要老燕跟它说话，它就可以忍着疼痛让主人给它扎静脉。它安静地躺着，针头刺进去的瞬间，疼痛让它的腿轻轻抽搐。

第十五天的时候安多站起来，它摇摇晃晃从木盒子里站起来，它歪歪斜斜走到老燕身边。老燕有点不知所措，她大声喊我："安多能走路啦！它走过来啦！"我说我看见了，它没事了。

老燕声音很发抖，"真没事了？"她摸着安多的脑袋："你是不是饿了？"

安多抬着头看老燕，伸出舌头舔自己的鼻子。

老燕连忙把一碟米粉拿过来，安多慢慢地舔吃，老燕一直抚摸它的脑袋，"你真了不起……"老燕说。

安多就这样活下来了，但疾病影响了它的发育，它一直没有长成很威猛的獒样。后来那些新生的小獒半岁时就长得跟成年的它差不多大，也就是说安多永远也长不大了。

安多毕竟是原生獒的后代，每见陌生人进了院子，它的表现和煤球一样凶猛、疯狂、固执、不听劝，就是扑上去攻击。它非常灵活，急转急停的能力超群，奔跑的速度也快，十几只獒没有哪只可以撵得上它。四个月大的时候安多偷袭一只鸽子，它居然就把鸽子抓住了。鸽子飞起来，翅膀在阳光下形成半透明的两片叶子。安多跳起来咬住了鸽子的脚，它的前爪也同时勾住了鸽子的身体。抓住鸽子之后的安多一溜烟跑掉，在奔跑中鸽子还在扑打翅膀。安多叼着它钻进一堆圆木的缝隙里，其他小獒根本就追不上。它们的身材都比安多粗大，钻不进那么狭窄的地方，只能围着圆木堆干着急。

安多出来之后的样子很夸张，嘴巴四周都是鲜血。其他小獒就围上去把它按倒，伸舌头舔它脸上的血迹。

我用一根钢筋把缝隙里的鸽子拨出来，我感觉自己的头皮和后脊梁一阵发凉：鸽子后半身没有了，但它还活着！安多那会儿还是幼獒，它不知道怎么才能把鸽子一口咬死再吃，它一直抱着鸽子，从柔软的地方开始下口，一点儿一点儿啃，一点儿一点儿撕扯……我一直很喜欢鸽子，它们长着一双无辜的和惊恐的眼睛，飞翔的时候迅捷而优雅。我没想到鸽子会给安多抓住，大概是鸽子和人类生活得太久，对来自人类之外的危险忘记了。丛林法则在这件事上体现得很充分，我们人类之间也是如此。实事求是讲，人类在更多方面比动物之间来得更阴险更残忍同时还能伪善之至地说明祸害你的依据来自公理和正义。

碟子和丫丫长得比它高大健壮，但打起架来总是安多占上风。我留意观察过，安多打架的时候一是灵敏、二是拼命。碟子力量大但不那么灵敏，丫丫灵敏但勇气不够，于是每次作战大多是安多胜。

安多还有一个很奇特的嗜好，每当听见腾格尔的歌声，它的耳朵就会一挑一挑的，脑袋也左歪一下右偏一下，然后就跟着那歌声仰着脸叫起来。它的声音有些婉转，似乎也在唱歌。我一直不喜欢那个腾格尔的歌。因为安多喜欢，就时不时放给它听。安多跟着腾格尔唱一会儿之后情绪就比较好，我以为这对它的成长有好处：我盼着它能长得高大威猛一些，至少要比那些土狗健壮。

腾格尔的歌没能帮上忙，安多成年之后也没有再增加身高。它混在幼獒群里，外行人都以为是一只格外凶猛的小獒。

安多依旧是老燕最关照的一个，它当然也是最依恋和忠于老燕的那个。每次看见老燕，安多就激动得撒着欢围着老燕乱跑，它甚至能跳起来越过老燕的肩膀。凡是老燕让它做的事情，只要它力所能及，没有不愿意的。比如给它吃药，不论多难吃，只要老燕跟它说话，只要摸摸它的头，它就会用舌尖舔进嘴里吞下去。

现在我们要考虑的是安多是不是可以生小獒，它身材太小了，它的后代会不会同样长不大。

老燕一直憧憬安多生崽，"到时候选一只和安多一样好的"。她好像不太在意安多的后代会不会是一群小侏儒，在她眼里安多是最好的，甚至比煤球还好。

生还是不生，这是个问题。

每当我看见安多围着老燕撒欢，都会不由自主地想到这个。

失去虎姐

这半年多我一直住在城里，没有时间去山边去看望獒们。老燕差不多每天都去一次，回来说虎姐很受欺负，每次吃饭虎姐都要等其他小獒吃饱了才敢上前。"它看上去不像一只藏獒，倒像是一只溜边儿的土狗。"老燕说。

虎姐是丫丫的女儿，毛色和它的母亲接近：红黄色，远远看上去就像一团燃烧的火。

在一群幼獒里虎姐的个头最小。

它是丫丫第四个生出的小獒，记忆中虎姐刚出生的时候嘴巴一张一张叫不出声音，本以为它活不成了。后来老燕把打吊瓶的注射用皮管塞进它的喉咙，自己用嘴巴使劲吸，吸出一些液体，小家伙一下就叫出声音来了。十只小獒都生出来了，虎姐个头最小。

在城里时它们都还太小，虎姐和其他小獒的处境没有什么不同。那时候挤不上吃奶的虎姐可以享受老燕的单独喂养：它可以抱着奶瓶使劲吸奶，每次也都把肚子吸得圆滚滚的。也是因为老燕的这些行为，虎姐把丫丫和老燕都当成自己的妈妈。具体表现就是遇到同伴欺负它，它就跑到老燕身边，然后回头看着来犯者，一副有恃无恐的样子。还有，它大部分时间都跟在老燕的脚后，仰着脸看着老燕亦步亦趋，像一只圣伯纳似的。圣伯纳就这样，跟在主人脚边只看主人不看路，走着走着被什么东西绊倒，一个滚儿爬起来继续仰着脸看着主人继续跟在脚边，亦步亦趋。

虎妞也这样。

把幼獒们送回到山边之后情况改变了，虎妞再也无法得到特别照顾，于是它总是想跑回城里。问题是它还没有能力走那么远的路，它随时可能被人抓住或者被人打死。在山里住久了，对山里人就会有个基本判断：这些人缺乏起码的教育，因而做起事来很少符合人性逻辑。他们遇到特殊的事物首先是怀疑和好奇，接下来就是要占为己有，不能实现之后的第一反应就是毁掉它。如果是藏獒，基本上只有被毁掉的结果。藏獒在很小的时候就很凶猛，陌生人接近它，它就会攻击。即便它被捉住，也不会轻易就范。山里人的心思有时候很难捉摸，他们中间相当一部分人都有十分强烈的主宰欲，一旦獒不愿意服从，他们产生的第一反应是：我给你吃的喝的你还对我龇牙？然后就往死了整。他们的价值观道德观也不能说没道理，他们要求有付出就要有回报。这符合大多数人的价值观和道德观，没有免费的午餐表达的就是这个意思。

如果不是一位妇科医生特别想得到一只藏獒，虎妞还将在山边继续它的成长。准确讲是妇科医生的女儿特别想拥有一只藏獒，我对喜欢大型猛犬的女孩总是心存敬畏，于是同意把虎妞给她们。我还有另外的想法，那就是虎妞在这个女孩家里会得到更好的照顾，它的天性也有更多的恢复空间。在我们这里，虎妞似乎失去了攻击的本能，无论遇到什么情况它都躲在最后。

　　獒的生活习性中很重要的一点是等级森严，在一群獒中间总会有一只是首领，好吃的它先吃，好玩的它先玩，遇到危险，它当然也先上。这一点和人们的生存现状不太相同，人们这边刚好是先吃的先喝的先玩的遇着危险最先躲，准确说他们除了车祸和飞机失事或者情杀或者有人寻仇，基本上没危险。

　　虎姐最弱，于是遇到危险它自然也躲在后边。这很合理，好事轮不到它，危险也摊不上它，但它的天性迟早会被淹没。

　　我担心虎姐最终退化成为一只宠物狗，如今大部分藏獒都被那些狗贩子杂交成了大型宠物狗，徒有威猛的外表，性情则温驯得像只大丹或者圣伯纳。藏獒之所以被称为犬中之王，说到底是它的忠诚和凶猛善战。

　　我的想法是虎姐一旦单独生活，它就只能自己面对各种危险，那一定会唤回它的本性。

　　虎姐到了医生家之后的表现和大部分藏獒差不多，对新主人不是很接受，晚上会叫。不是汪汪的那种，是嚎叫。好在医生家不是住在闹市区，否则被投诉是免不了的。医生一家人不知所措，但他们还是很有耐心地忍受虎姐的嚎叫。

　　老燕听到通报后很想去看看，但忍住了：这是虎姐进入一个新家的必经阶段，如果原主人总去看，它永远也不会认可新家。毕竟还是幼獒，它适应新家的速度还是会很快的，前提是新主人一定要有耐心。

　　现在的情况是虎姐已经开始和医生一家人亲近了，它开始逐渐显示出獒的特点：对医生的邻居很凶，遇到陌生人就会攻击。医生的女儿还写了一篇关于虎妞的作文，语文老师作文讲评时当作范文念给全班同学听。

医生骄傲得很，特地打电话给老燕报喜。

最近的消息是虎妞每天都要求和医生女儿一起睡觉，赶也赶不走。他们一家正在想是不是打造一个小床，不是因为虎妞的要求合理，而是因为女儿和虎妞的愿望相同，她也想和虎妞睡在一个房间里。

老燕告诉医生："倒不怕虎妞给惯坏了，但它以后可能只听你女儿一个人的话，遇到危险，虎妞会拼死保护她。"

这不是我的想法，我不希望藏獒每天都躺在屋子里，更不喜欢它们和人一样睡在床上。我更愿意让獒们生活在外边，即便无法让它们在辽阔的原野上奔跑，至少，可以给它们一个足够大的院子。我们已经扼杀了藏獒天性中很多宝贵的东西，我希望自己建造起来的小庄园尽可能守住它们最起码的天性。

我知道老燕那样说只是为了让虎妞得到更多的呵护，她也未必真的认为医生家的做法是最合理的。

不管怎么说，还是为虎妞高兴。我已经不介意它是否还是一只獒，我只希望它能得到最好的照顾。

我不想欺骗自己，虎妞已经没可能成为那种传说中的獒了。

博士之死

博士受伤是个意外。

我们没有料到它会受伤。

博士是一只虎头藏獒，我始终怀疑它的血统不是很纯正。它的很多行为和正统藏獒不太一样，主要表现是油头滑脑的。藏獒生相憨厚性格倔强不怒而威，博士却属于那种很会看风使舵的角色。它长大成年之后曾经和比它年轻的卢克争夺过领导权，它失败了。博士也很勇猛，但和卢克相比就有些相形见绌了。一般说来獒之间经过几番较量之后会安静相当一段时间，在没有出现特别状况的时候，它们会保持良好的秩序。有人说獒群很像狮群，不同的是雄性獒包打一切。从这一点上看，獒群的规则和秩序更接近狼群。

獒们虽然相处得比较和谐，但我还是比较小心的。我一直把卢克和博士分开在不同的空间里居住：博士和安多还有皮皮住在獒舍，獒舍的院子足够它们活动的；卢克和其他獒住在三楼的前后平台上。平台的空间非常宽敞，五六只獒在上面奔跑玩耍不会显得拥挤。

几天前因为院子里的人突然多了，卢克很焦躁，它扒着平台的护栏拼命对着地上的人们狂叫。獒的叫声闷雷一样震得你耳朵嗡嗡响，我几乎什么事情也做不下去。更主要的是担心哪个脑袋进水的人在下边挑逗卢克，愤怒到极点的藏獒会生死不顾地从三楼跳下来。煤球曾经从三楼跳下过一次，它没有受伤只是摔得有点儿发蒙。它摇摇大脑袋认定自己没事，就寻找它的攻击对象。这时候人们才感受到危险，一声喊就跑进屋子里躲起来了。

因为这些，卢克也被关进了獒舍的院子。

我想查看一下獒舍里面的卫生状况，獒们比较爱清洁，肮脏的环境它们受不了。我打开铁门的时候獒们一窝蜂拥上来。博士趴在墙边，看见我很缓慢地站起身向我走来。当博士斜着身体走到我身边时，我感觉它的状态有些不对劲。以往只要我走进獒舍的院子，博士会第一个冲过来，滑头滑脑地绕着你转圈。卢克比较怕我，它跟在其他獒后边，一边呼哧呼哧喘粗气，一边摇晃它硕大的屁股。安多比其他獒更兴奋，它会腾空跃起，越过博士或者卢克的身体直接落到我面前。大概因为它是獒小姐，獒小伙儿们很少会对它抢在前面和主人亲热表现出很大敌意。

博士把脑袋凑近我，我看见了博士的伤口。不用推测就知道是卢克咬的，伤口很长很深，已经有些腐烂，散发着很浓的臭味。它很萎靡地靠着我的腿，能感觉出它的身体在颤抖。我抬起头看看卢克，卢克连忙退到墙角。它一边伸出舌头舔鼻子一边摇晃着大脑袋四处乱看就是不看我：獒们面对主人感到紧张的时候都这样。卢克大概知道我看它的意思，它感到紧张，浑身不自在。

我说过我不喜欢博士，我不喜欢它从背后进攻的作战方

041

式，更不喜欢它自己喝完水之后把水盆踏翻的劣行，还不喜欢它每次见到我时躲躲闪闪假模假式的样子。我给它起了博士的名字，就是把它跟人类中的博士们划为了同类。我喜欢煤球和卢克，就是因为它们作战时勇猛且磊落，从来都是硬碰硬从正面发起攻击；还有就是它们在不是极度饥饿的情况下从来不跟小獒和母獒抢夺食物。

我一直不希望博士在我的獒群里成为领导，它打败煤球之后我曾经很失落了一阵子。后来卢克长大了，它轻易就战胜了博士，我心里才舒服起来。为这个老燕说我"任狗唯亲"，我不以为然。事实上我一直想把博士从獒群中淘汰出去，但老燕一直不肯。她不说不能这样，只是列举博士在保家护院方面的辉煌战绩。她主要是说博士多么多么勇猛敏捷，多么多么奋不顾身，将近两米高的围墙，博士没有助跑就跳了出来，然后它追击一个在院子里的陌生人。幸亏那人看见博士从獒舍里跳出来，他立马跑进一楼返身关上门。"博士还是咬到了那人的鞋子。它看见没法子进门，就把那只鞋子咬得稀烂，一边咬一边把鞋子甩飞。"老燕说。

她知道我也很赞赏博士的那次翻越和追击，她知道一说这个我就下不了决心把博士送走。

和博士一起来到云南的还有另外三只所谓金毛藏獒，在它们不到两个月大的时候，我们把它们从东北平原带上了云贵高原。开始的时候一切正常，但短短一个星期不到就感染了细小病毒。我在这方面没少研究，但一直弄不清楚这是为什么。能做的预防措施都做了，但还是很难让初来乍到的小獒们幸免于难。三只小獒先后都死掉了，只有博士没事儿。它每天贼头贼脑地到处乱跑，却始终没有明显的症状。只给它注射了两次血清，博士就平安无事了。我虽然一直不喜欢博士，但它毕竟是那一茬小獒中仅存的硕果，看着它一天天长大，也会感到一丝欣慰。

博士和卢克打仗的次数不算少，但每次都没有受重伤，充其量也就是伤了腿脚，瘸上三五天就好了。大部分时候博士都是被卢克摁在身下时就放弃反抗了，它深得好汉不吃眼前亏留得青山在不怕没柴烧之精髓。但这一次它受伤很重，脖子下边的伤口一直深到筋骨处。我没听见它们搏斗时的声音，也就是说它们的战斗不像以往那样夸张但来得致命。

会泽县城几个养狗的大户知道消息都赶过来，他们帮助老燕给博士处理伤口，注射抗生素。他们很有把握，说："别担心，两三天就好。"

这些人养了很多斗狗，就是那种长相跟机器狗差不多的矮个子狗。这种狗天生就是为了逞凶斗狠而生，看上去呆头呆脑的，但见着狗就往死里咬。它们咬狗根本就没来由，只要见着了就咬。那种样子很滑稽也很恐怖：它一步一步不紧不慢朝它要攻击的目标走过去，一声不响稳稳当当走过去，对方还在好奇地看着它。斗狗走近了，呆头呆脑的样子没有丝毫改变。它不声不响慢腾腾前进，在攻击距离最合适的时候突然扑上去，一下就准确地咬住对方的脖子。此后的场面让胆小的人做梦也会惊醒：它死死咬着，然后一点儿一点儿把牙齿导向对方的喉管……对方已经没有了气息，它依旧那样咬着，直到主人过去用力拉开。这种斗狗的痛感神经不愿意传递信息，被咬了也不太感到疼痛。这一点非常关键，因为自身疼痛感很差，所以被咬了也不会减弱战斗力。

他们一直想用它们的斗狗跟我们的獒斗一场，我始终没有同意。原因很简单，藏獒和斗狗不是一个级别，真要是来真格的，他们的斗狗九死一生。我看见过斗狗和藏獒交手：斗狗非常凶猛，它面对藏獒毫无惧色。藏獒没有作战的愿望，它对斗狗的挑衅不太理睬，只是有些许不耐烦。斗狗按照它习惯的方式冲向藏獒，藏獒这时才警觉起来。它躲过斗狗的冲击，挥起一只前爪就把斗狗打翻了。几乎与此同时它摁住了斗狗，张开嘴巴咬住了斗狗的脖子。藏獒的嘴巴足够大，斗狗的整个脖子差不多都在藏獒的嘴巴里了。斗狗试图反抗，它汪汪汪地叫了几声，接着开始哀号。我更是亲眼看见了我们的大卢克只身搏击四只德国牧羊犬，不到一分钟的工夫，牧羊犬三死一残，大卢克只是受了一点儿轻伤。

博士在不到八个月大的时候被老燕的家人强迫着打过一架：老燕家人为了赢钱，一直不给博士吃东西，饿红了眼的博士为了抢夺一块鲜肉把一只成年黑背打得屎尿拉了一地。老燕家人赢了5000块钱，但输家耍赖不给，在人们的嘲笑声里去找他那只落荒而逃的黑背了。博士也由此在东郊土城和马武一带名声大震，生生被夸张到博士能飞檐走壁燕子李三窦尔敦了。

一些有钱人来山庄看过几次博士，他们想买走博士，但最想买的那个咬着牙也才出到十几万。

我没答应，说："兄弟，我的博士可不是大白菜。"

老燕说："你不是一直惦记着要淘汰博士吗？现在有人买了，还不卖？"

我说："他只出那么一点儿钱，怎么可能是懂獒的人？对博士也不可能珍惜。要卖也得是卖给和獒有缘的人。"

老燕说："博士看见那人就发疯似的，会把他吃了。"

博士和其他獒相比，最让我受不了的是它不能单独待着。只要你把它单独关着或者单独住在任何一个地方，它都会叫起来没完没了。24小时它几乎都在叫，汪汪一阵嗷叫一阵。当然也有例外，那就是你让它和主人住在一起，它乖得小猫似的。但它很少得到和主人单独相处的待遇，是我的原因。

处理完伤口时已经是凌晨，帮忙的人都离开了。老燕上楼来说："应该没事的。他们有经验，伤口处理得非常好。"

我说："不会死吧？高原就是受伤得了败血症才死掉的。"

她说："博士伤口感染好像没高原那么重。"

我说："难说，天气有点儿热啊。"

我说："这是一个致命的疏忽。"

她说："是啊，没想到会伤成这样。"

她说："没事儿你不用担心。"

她说："反正你讨厌博士，死了就死了呗。"

我说："讨厌归讨厌。两码事。"

博士还是死了。

我们每天睡得很晚也起得很晚，这一天也是。

老燕把我从熟睡中叫醒，她说："博士死了。"

我坐起来跳下床，走到门口又转回来，我重新坐回到床上。我使劲咽了一口唾沫，我感觉自己的嗓子紧得厉害。

"去吧，你去吧，埋了它。"我说。

老燕说："还是埋在院子里吧。"

我说："好，院子里。"

我们所有死去的獒都在山庄的院子里得到了它们永久的住处，每一株树下都有它们守卫着。我猜我们是用这种方法寄托我们的一些情感，只要站在窗前看一眼院子，看一眼某一棵树，曾经活蹦乱跳的小獒就像活过来一样。我们居住在这儿，它们就一直陪伴我们，反过来也一样。

按照惯例，老燕带着人把博士埋在山庄院子的一角，在它的葬身之处栽了一株沙棠树苗。这种树一直是神话故事里的神仙树，会开一种黄色花结一种红色果嗅起来很香吃起来很甜。我不太清楚他们栽在博士上面的沙棠树是不是那种神仙树，反正当地人都称呼它沙棠树。

人们离开以后我和老燕又来到那棵小树跟前，我坐在草地上。老燕什么时候离开的，我没有注意到。"我知道你是想一个人待一会儿。"我回到卧室的时候，她这样说。

我坐在草地上，用手掌把人们散落在地的新鲜泥土填回到小树四周。我只是慢慢填那些泥土，脑袋里空落落地没想什么。我的獒死去了很多，感觉自己一天天不那么难受了。想想也是，很多亲人都死去了，很多朋友也死去了。你能记起什么呢？别人又能记起什么呢？这个世界又能记起什么呢？博士现在躺在这里，看得见我坐在它身边。我希望它这一次不用害怕我，从今往后再也不必担心我会淘汰它了。

死，也没什么不好。我突然这样想。

"我看见那个女的肚子一抽一抽的，我一下子就想起了我们那些小獒。"老燕说。她刚刚从医院回来，珞妮这几天拉肚子，她抱着珞妮去打针。"我们的小獒死的时候都那样。她一定已经死了，只是肚子还那样一抽一抽的。"她看上去很受刺激，不停地说那女的死前的样子。"我长这么大还是头一次这么近看着一个人死掉……她肚子一抽一抽的，一抽一抽的，我一下子就想起我们死掉的那些小獒……"老燕说。

医院的人说这个女的是和丈夫吵架之后喝了耗子药，送来的时候就已经快不行了。山民们经常会因为家庭问题喝毒药，抢救不过来的为数不少。其实他们并不真的想死，即便是一时想不开真的要死，但在送进医院的时候就不想死了。"她一直在哭，眼泪满脸都是。"老燕说，"她那会儿一定清醒着，她一定很后悔是吧？"

我说："应该是吧，她就是想吓唬吓唬她丈夫。"

老燕说："我知道你为什么那么痛恨因为吵架自杀了。看着她满脸的眼泪，我突然有点恨她！她干吗用自己的生命去威胁别人呢？"她还是很激动，走来走去的。"她没救过来，她还是死了。"她颓然坐在地上，她看着爬来爬去的珞妮，她抱起珞妮，"要好好活着。"

珞妮看着妈妈，一如既往笑靥如花。

云之南说

我喜欢带着一只成年藏獒在山
边或者山中走走坐坐，有树林和溪
水，还有一些小动物，兔子野鸡偶
尔还有猞猁。我还喜欢在半山坡的
平台上坐着，屁股下边是软乎乎的
青草，脑袋瓜顶上是清洁的太阳。

不要放弃希望

2006年冬天，一则关于洪峰的新闻闹得国内外都不得消停。

那一年珞妮妈妈正在治疗癌症，我所在机构的头儿因为我不坐班停发了我的工资。时至今日一直还有人问我为什么不上班拿工资？这是误解。不坐班不等于不上班，这是写作机构独有的一种模式：不必到单位，你只要完成单位交给你的写作任务就行了。它停发了我的工资并不能真的影响珞妮妈妈的治疗，靠每个月2000元的工资，我们勉强能维持日常生活，治病的钱都来自我多年的稿酬。我只是对单位领导这种做法愤怒，于是有了所谓作家实名制乞讨的新闻。

10年后，2016年的这个冬天，我遇到了一个病人。

在我的QQ群里有一位群友，今年4月我们一家去师宗看百花山的时候她也去了，她丈夫陪着她一起去的。她是想请珞妮妈妈帮她治疗类风湿，她很年轻，她的丈夫同样很年轻。她已经治疗了六七年，但一直没有起色。珞妮妈妈答应了，此后她就一直按照珞妮妈妈的方案服药。

在这个月的11日，她在父母和丈夫的陪伴下来到了珞妮山庄。我不知道他们要来，晚上的时候珞妮妈妈才告诉我是她同意的。我没有说什么，虽然我不主张在珞妮山庄接诊患者。它毕竟是我的家！我从大都市来到山里只是因为我喜欢清静的生活，人来人往对我是一种很难忍受的折磨。

他们来到山庄的时候正赶上我下楼，于是我看到了一个坐在轮椅中的年轻女子。

看见我，她笑了，叫了一声：庄主。

我应了一声，然后问珞妮妈妈：这是谁呢？

珞妮妈妈说：是小庄啊。你忘了？4月我们在师宗见过的。

我想起来了：你那时候能走啊，怎么现在坐轮椅了？越治越严重了？

珞妮妈妈说：不是，她的类风湿在好转，伸不开的手指已经可以伸直了。

我说：那怎么会这样子？

珞妮妈妈说：现在是骨盆塌陷，已经不能走路了。

我问：这个也是类风湿造成的吗？

珞妮妈妈说：这不是类风湿的症状。我想要她重新检查一次，我怀疑是其他问题。

第二天下午，珞妮妈妈从医院回来，她跟我说：检查报告诊断小庄是骨癌晚期。

我说：不是说类风湿吗？误诊？

珞妮妈妈说：不是误诊，类风湿一直在好转。他们当地医院没有发现骨癌问题，只查出类风湿。现在看，发现骨癌的时间太晚了。她说后天去一趟昆明，我已经和温星说了，患者不是我们的亲属，只是网友。做这件事没有任何好处，是尽心。温星答应了，他说他马上就联系医院。

珞妮妈妈说小庄的丈夫听了医生的诊断就哭了。她说能看出来他已经站不住了，人马上就要瘫了。后来他们商量不要告诉小庄了，这个消息可能一下子就把她击垮，医生说半年的存活期恐怕连一个月都挺不过去。小庄的丈夫还决定不告诉岳父岳母了，他担心他们同样承受不了，做不到若无其事的样子。

我想起小庄一家在山庄吃饭时的情形：小庄的父亲把饭菜一口一口喂进小庄的口中，小庄的手拿不住筷子。

那个瞬间，我眼前晃动的却是自己和珞妮。我知道，这就是父亲。

他们去昆明之前的傍晚，小庄的丈夫推着轮椅送小庄进山庄的主楼去休息。轮椅滚过我身边的时候，我摸了摸小庄的头。她的头发剪得很短，我猜那是为了洗头方便些。

要有信心。我说。

她很灿烂地笑了，说：庄主，我有信心。

她很喜欢笑，与人说话的时候她几乎总是笑着的。

我上楼的时候差一点儿就哭了。我得说那个时刻我没有想到丈夫和母亲，我想的是一个女儿，想一个父亲。我想到了自己，想到了珞妮。我知道这个世界一直这样残酷，它从来就不允许一个普通人顺顺利利地过完自己没有奢求的一生。

晚饭后我和珞妮妈妈又说起小庄的病，我问：你真就没办法了？她说：如果是骨癌晚期，我真的没办法了。我能治好她的类风湿，给她减轻痛苦。昨天医院检查报告也说类风湿在好转，但是……

我说：看上去他们的经济状况也不好，普通人就怕天灾啊。

我说：你不能受情绪的影响，医者自己要保持平常心。

我说：你以后要经常面对这种很残酷的局面，慢慢学会看淡。

她说：我大概不适合做医生，看到她我就想哭。

珞妮妈妈陪着小庄一家，当天晚上就出发去了昆明：温星已经联系好了，第二天就可以做检查。

珞妮也一起去了。她妈妈说让她去吧，她喜欢看医生工作。

我不想让珞妮去的，但她妈妈说的理由很充分：珞妮将来如果能成为一个医生，兴趣就是起点。

第二天中午，珞妮妈妈的电话打过来了。

我问：检查结果怎么样？

她说：赵教授看了片子，还有几个专家也看了片子，他们都认为不是骨癌，是小庄常年服用激素的结果。是激素侵蚀骨质导致的股骨头坏死，坏死的骨头疏松脆弱，无意中骨头断了才导致了她不能行动。

我说：那就是不会有死亡的危险了？

她说：不会了。但要等最后的检查数据。

我说：不用等数据，我更相信赵教授的临床经验。

我很高兴，听得出来珞妮妈妈也很高兴。一个你认识的人能活下来，你不会不高兴。以后的事情，以后再说。

以后的事情就回到了这篇文章的开始：钱！

钱，以后再说。

现在是庆幸一个被判"死刑"的人无罪释放的时候。

努力活下去，不要放弃希望。

对暴力零容忍

这些天山庄真很忙：每到新鲜水果季就忙得焦头烂额。

早晨还没起床就听见院子里有女声尖叫，接下去知道发生了什么事情：一个昨天被解雇的当地临时工认为是其他员工告发了她，于是她早晨来到山庄。其他人都出去办事了，家里只有三个姑娘在留守客服。这个妇女闯进办公间揪出一个在家留守的姑娘就打，把姑娘的胳膊、脸和其他地方抓得血淋淋的。我们下楼的时候这个妇女还继续蛮横，认定是被她打的姑娘跟老板说了坏话导致了她被解雇（其实和这个姑娘毫无关系，我们是因为这个雇工不仅自己不服从主管的分派，还煽动另外的本地临时雇工一起不服从分派。主管向珞妮妈妈汇报了这个情况，我决定这样的人一定要解雇。她自己陈诉的理由很明确，也已经说明她是有备而来蓄意打人了）。

我让珞妮妈妈立刻报警，打人者依旧一副随便你的气势。就是打了，你能怎么着？

110很快出警，随后派出所的警官也到了。他们做了询问，又调取了监控录像。监控录像清清楚楚还原了全过程，这个女人进了办公间之后揪住正在客服的姑娘就往外拉，姑娘挣扎但实在挣不过那个野蛮的中年胖女人，姑娘被拉到门口的时候就遭到了不停歇的殴打。

我说：警官同志我可以说一下我的看法吗？一位警官说可以。

我说：这种事情在我们当地就是一件非常小非常普通的事情。

他点头。

我说：这里的人们习惯了暴力解决所有的事情，法律在人们眼里没有拳头有说服力。

几个警官笑了，说：是啊，法制观念太淡薄。

我说：会泽现在正在努力吸引人才，整个县从上到下都在拼命脱贫。我们的员工都是今年刚刚毕业的本科生，她们都是"90后"的小青年。她们相信珞妮山庄做的事情有意义，怀着梦想来到了珞妮山庄。她们每天工作得热火朝天尽心尽责，谁能想到自己会被平白无故地打一顿？如果这种风气一直不纠正，谁还敢来我们这里？没有外地人才的引入，我们什么时候才能摆脱贫困县的帽子？这是人文实力的比拼，不能按照我们习惯的思维模式对待这种蓄意伤人的行为。

领队的警官说：不必担心，我们一定会依法处理。

警官走后我想了很多，最感叹的是这里的民风之蛮悍。也想起当年我被打的时候也和这一次姑娘被打几乎一模一样：你压根儿不知道发生了什么，二话不说一群人围上来就打。而且他们也极其不诚实，各种伪证假证各种栽赃诬陷，无所不用其极。

在派出所，另外两个当地雇工也是这样瞪着眼睛编瞎话，硬说山庄的姑娘们把她们不当人看，比老板都凶。打人的一口咬定就是被打的姑娘告状才导致她被解雇，把证据都拿出来之后才不吭声了。她还招来了很多亲朋好友聚集在派出所外面，好像他们这样干就可以改变基本事实。

必须说这几年来会泽的社会治安状况大有改善，恶性暴力事件鲜有发生。但民间这种打人伤人和国内其他地方一样从来没断过，也不可能断：有人的地方就不可避免。

几个小时候之后他们大概发现警方是在很严肃地对待这件事，再靠要蛮耍赖很难过关了。于是珞妮妈妈很快接到很多说情的电话，可以道歉，可以赔偿一切，可以派人去医院照顾伤员。

我跟珞妮妈妈说这不可以。打完人道个歉赔几个钱就完了？你有钱我们也不稀罕，我们只要一个合乎法理的说法。

我说你要表明态度：一切按照法律程序办，不奢望严办，只要求按条款办。我们希望能通过这个小小的民事案件展示出法律的尊严和威力，让我们这些外来人感受到在这个地方工作和生活是有人身安全保障的，让那些动辄打人的野蛮人知道犯法是有代价的。

我们的基本诉求是：法律，对暴力零容忍。

被一只狼追随的感觉

山寨距离镇初中有二十几里山路，宽一点儿的地方能并排通过两辆汽车，窄的地方只能通过一辆。两车相遇了，其中一辆就要退回到宽一点儿的地方等着。为了先过和后过，驾车的经常要吵架。文明一点儿的死僵着，你不退我也不退。野蛮点的就打起来，为这个打伤的不少，也有打死的。

憨憨上学的时候走山间小路，小路可以减少盘山，也就是相对直线啦。有时候能遇到山民的小马车，那就是享福了。

每个星期能回家一次，其他时间就住校。大概也是因为住校，所以早恋啊师生恋啊，就多。山区学生住校和城里学生住校不一样，山里的住校生基本没人管。

不说这个了，说一件比早恋更可怕的事情。

读初二的一个星期五早晨，憨憨回家取粮食（大家都自己带粮食然后交给伙夫）。憨憨走山间小路，老师把憨憨送到镇边就回学校了。

憨憨很高兴也很幸福地回家了，她还是更喜欢自己的家。

走到半路憨憨发现身后有一只狼。

开始的时候憨憨以为是一只狗，它不远不近地走在小路边的杂草丛里。憨憨叫了它几声，"过来哈！一起走噶！"

它站住看着憨憨，坐下了。

憨憨继续赶路，回头看时，发现它还跟着。它已经离憨憨很近了，看见憨憨回头它就站住皱着眉头看憨憨。憨憨和它的目光相遇，不知道为什么就感觉自己浑身发凉了。它黑不黑白不白黄不黄的，大尾巴拖在身后。憨憨马上想起老人们说起的狼，憨憨开始认为眼前的就是一只狼。

憨憨站在原地看着它，它也看着憨憨。它一动不动，眼睛空洞洞的好像在看憨憨又像穿透憨憨的身体看憨憨的身后。憨憨不动是因为她的腿已经软了，她害怕自己移动就会倒下。憨憨可不想倒下，那就相当于把自己送给它了。

憨憨四下张望希望能看见巡林员，他们有猎枪。就是没有枪，多一个大人就不担心狼了。漫山遍野的除了憨憨就是眼前这只狼，似乎连鸟叫声都没有。后来憨憨想那时刻自己一定是脑袋空白了，耳朵一定也不好使了。她听老人说不能被狼看出你害怕，狼很精明，你害怕了它就知道，它就会在这个时候扑你咬死你。

憨憨试着抬腿，还真的抬起来了。

它一下跳起来朝远处退了两步，然后它又坐下。

憨憨已经确信这就是一只狼，狗可不会这样子的。

憨憨迅速捡起一块石头，把石头装进小粮食口袋。她弯腰的时候一直看着狼，狼看见憨憨弯腰就朝后跳了一下。憨憨弯腰捡起两块石头，它又朝后跳了一下。

憨憨拎着装了石块的小粮袋，一路走一路挥舞。小姑娘努力克制着恐惧不跑，她知道自己一跑就完蛋了，她怎么可能跑得过狼呀？其实憨憨也跑不动，能走已经很不容易啦。

憨憨一路走一路大声叫喊，一路挥舞那条装了石头的粮袋子。后来寨子里的人说他们并没有看见狼，他们只看见憨憨像个疯子一样一边走一边乱叫，那条小粮袋挥舞得像只风车。

当憨憨看见山寨的影子，又看见小路上有人过来的时候，她才发现自己吓尿了裤子。尿迹一路走一路干一路湿，她一路走大概还断断续续地尿。憨憨看见山寨里的人一屁股瘫坐在地上的时候，裤子还没有完全干呢。憨憨想人们一定发现她尿裤子了，因为裤子那里粘上了泥土。憨憨根本不知道那只狼什么时候离开的，她后来就不再回头了。老人们一直告诫孩子们遇到狼不能回头，狼就在人回头的时候扑上来咬断人的喉咙。

东北也有相近的说法：狼会把两只前爪搭在人的双肩上，人一回头，狼张嘴巴就咬在喉咙上。

被看山人背回到家里的时候憨憨已没有眼泪了，一路上她一直在流眼泪。憨憨也发不出声音了，一路上喊叫得太卖力了，回到家里时她只是咧着嘴巴。她的嗓子也因为这件事坏掉了，不能高声说话：声音一高，就破。憨憨的胳膊已经抬不起来了，一路上她一直在挥舞那条装了石块的袋子。

家里人怀疑憨憨是不是癔症了，她妈妈连忙烧香拜佛，还硬是把半碗神水给憨憨灌了。那种神水就是请神婆神汉乱跳一阵，把黄纸画上怪字，一把火烧了，冲上水给你灌。很多山里人生病都要喝神水，被它灌死多少人谁也不知道。

憨憨昏昏沉沉睡了差不多两天，醒来时发现两条胳膊肿得粗了一圈，稍稍一动就疼得眼花。

憨憨跟家人说我遇到狼了，家里人不信，说憨憨遇到不干净的东西了。相当于一些人说的："你撞到鬼了！"大概就是幻视幻觉的意思吧。

憨憨还想继续上学，于是每次都带上一柄长杆药锄。有了它憨憨的感觉就好了一点儿，憨憨也养成了走山路唱歌的毛病（习惯）。直到今天，憨憨害怕时的第一反应还是想唱歌。

考上中专之前，憨憨一直就那样走山路。

对了，这个叫憨憨的小姑娘很多人都知道。

是的，是的，就是她。

你为什么不快乐

自从给珞妮安装小游乐场外加游泳池和蹦床，庄主一直在和孩子爸妈们分享自己的快乐。这是网络带来的一种交流，也是陌生人之间彼此流露内心世界的过程。这中间庄主也和很多人拉近了彼此的距离，人和人在一个虚拟空间获得了某种真实的情感。这是庄主开通微博的最大收获，它远比偶尔推一推珞妮山庄的云南土特产更有价值。

下面庄主要说一说父母的内心世界对孩子看不见的影响，所谓耳濡目染所谓言传身教所谓近朱者赤近墨者黑。

其实这源自一个父亲最简单和本能的感情动因：尽可能让孩子有玩耍的空间和设备。山里和都市不同，没有很好的设备，更何况珞妮不上幼儿园。这些东西在有条件的情况下给孩子安装上，既不奢侈也不娇宠，只是给孩子最起码的快乐。

几乎是看着珞妮一天天长大的网友们替珞妮高兴，出各种主意让这些设备更安全。

也有人告诉庄主：你再给珞妮安个旋转木马就完美了。

庄主没回复，也就是没接受这个美好的建议。因为我知道安了旋转木马，会有人来说：庄主，给珞妮安个过山车就完美了；安了过山车，会有人来说：庄主，你给珞妮安个……最终，会有人来说：庄主，你给珞妮建一个嘉年华就完美了。

这就是我们面对分享之后必须要面对的另外一种精神环境，这个环境是一种狭隘的嫉恨造成的。这类人不去改善自己的环境和生活，却看不得别人在任何一个领域比自己好一点儿。即便你这一天的心情比他好，他也会怒火中烧一定想办法让你也不好。庄主说的这件事其实并不难以判断，他无非是想用关心的方式暗示别人，你有啥了不起的啊？你牛啥呀？你厉害你把世界都买下来给你孩子。

没有人可以做到这些，如果你同样狭隘和嫉恨，你就会因此对生活产生同样阴暗和嫉恨的情感，你的生活无论多么努力都不会快乐。这些东西就会影响你的孩子，最终他会在这种糟糕的内心氛围中成长为一个和你一样甚至比你还糟糕的人。也许你的目的就是如此，那就当庄主啥也没说，你可以永远是伟大的赢家。

生活就是这样的：每个人都有自己不能选择的家庭出身和背景，每个人的童年和青少年都在这些不同的背景下成长。人生的起点或许因为贫穷和富有产生未来的差异，但你总要活着，与其盯着别人自己不快乐，莫不如放松心情去完善自己的能力，改善自己的生活。智慧的人从不和其他人比较，人最牛之处是和自己比较，并得出结论：我比昨天过得好了。

与人为善，说起来容易做起来难；己所不欲，勿施于人，谁都会说但未必会做。

在今年的夏天

2013年的夏天比过去的几年要好得多，它下了很多雨。滇东北好几年没有这样让人神清气爽的雨水了，每次下雨我的心情都很好。很想唱歌，唱不出口，能在雨水里走一会儿也行。也有不很愉快的时候，这个时候往往因为远道而来的客人做了违背他承诺的事情。比如早晨起来之后不叠被子；比如吃完饭很惬意地靠在沙发上吹牛，在不远处的餐厅里，珞妮妈妈在忙着收拾餐桌；比如客厅的地面已经有杂物此人视而不见；还比如他的孩子骑着珞妮的玩具小鹿满地拖，而那个玩具很难承载大孩子的体重，做父母的视而不见；比如那孩子把嚼过的口香糖粘在餐椅的下面；比如这个孩子临别时偷走了珞妮妈妈的裁纸刀但他们走后我得不到一声抱歉……

每个要来山庄的人我都要求他们事先要读那个《拜庄须知》，每个人都说读过了，所有条款都能遵守。于是我说那就没什么问题了，珞妮山庄欢迎你。但一些人来了之后并不履行自己的承诺，他们都是二十几岁三十几岁的人，谈不上是我的朋友和熟人，更谈不上和我有什么共同理想和相近的语言。我的确不知道他们来这里到底为了什么，但我的教养不允许我问这些更不允许我拒绝。我觉得我贴出的那份《拜庄须知》已经很过分地表明了我的苛刻，能接受已经很不容易，不能要求再多了。

但有一件事让我开始怀疑自己是不是太好说话太容易被忽悠了。

一个年轻人在这里住了5天，这个人据她自己说很喜欢少数民族民歌，她很想搜集彝族的民歌加入当代元素创作出新的民族风来。我们对她的了解仅限于她发给我的一串身份证号码，其他的基本上一无所知。对了，她还经常在我的微博上跟帖。她试图跟我讨论一些很玄妙的艺术话题，我对这些不太懂。

我说第一是我不懂这些。第二是我们事先说好的，我不陪客人聊天，我有自己的事情要做。我说你可以做自己要做的事，山庄里很安静，你不会受到打扰。

她很同意，此后的几天里她很准时地回来吃饭，只是早晨比我起得还要晚至少半小时。往往是吃饭的时候珞妮妈妈叫了她还没有起床，起床之后要进行各种装扮。坐到餐桌前她总要说："云南的空气好干燥，不保养一下下会变丑的。"珞妮妈妈说是，要好好保养。这个姑娘长得的确不丑，但空气干燥会让她变丑，我认为有些欲加之罪了。我不理解她那么喜欢美容的人，为什么洗漱完毕不清理一下洗脸池，为什么淋浴之后不把地面上的水拖一拖。最让我不能理解的是，她可以不带肥皂和浴液，但至少该带一个牙刷外加一条大毛巾才对。

她就不担心我们那条浴巾和毛巾是专职擦屁股的吗？

园里果树的果实不多，都是留给珞妮吃的。但这个姑娘几乎把能吃的果实都吃光了。她一边吃一边说："一棵树怎么才结这么一点儿啊。"珞妮妈妈告诉她是移栽过来的果树，大量结果最早是明年。她很夸张地哇了一声："明年我还能来吗？"珞妮妈妈说，你想来就来吧。珞妮看见她吃果子就要，她分了一个给珞妮，很亲昵地说："小馋猫儿。"

珞妮一直不跟她玩，我看得出珞妮最开始的时候很想跟她玩，这姑娘也满脸都是笑意。或许是她的笑脸没有打动珞妮，珞妮只有在妈妈不在身边时才走到她跟前去，她央求："姐姐，抱珞妮，找妈妈。"

后来的几天里，我基本上什么都没干，注意力全集中在珞妮是不是跟妈妈在一起。我知道，小孩子是靠直觉和成年人交往的，没有不喜欢大人的孩子，只有不喜欢孩子的大人。

姑娘走的时候很文明，没有任何声响，一大早就离开了。

上午，我进了她睡觉的房间，被子依旧没叠，地上丢了一些卫生纸。我再看床头柜，40平方厘米的床头柜面上干干净净。

她没有留下她该留下的1000元钱，她没有打扰任何人，很文明地离开了。

这件事对我的打击有点儿大，我越发说不好这个姑娘还有其他的年轻人为什么要到我这里来。这里并不是旅游玩耍的好去处，它还处在一种半封闭半原始的状态中。虽然城里很富有，但大部分山里人还是非常贫穷。没有好玩的地方，更没有值得炫耀的好玩去处。山庄虽然在村子里，但基本上与世隔绝。到了这里，除了藏獒们的叫声和风吹树叶的响声，会安静得让你发疯的。

还是不下雨

　　滇东北还是不下雨。准确讲也下雨，但每次下雨都刚刚弄湿地面就歇了。这有点戏弄人，仿佛一个干渴的人看见了水，也喝着了，但只喝着了几滴。那一定是格外难受的体验，还不如渴死算了。这段时间滇东北的天空基本就这样子，土地和山川就像仰着脑袋接水的人们，绝望的脸和脖子已经很麻木了。

　　时间格外漫长了，太阳升起之后出现的光亮很难让人体验到生命的张扬。人们比以往任何时候都喜欢乌云，那几乎就是一种幸福的笼罩，即便一阵凉风也会给你带来不那么明确的希望。

　　这种时刻太少了。

　　不幸是不可以相互比较的，暴雨成灾的地方盼望阳光普照，久旱无雨的地方盼望黑云压城，这是人对大自然最卑微的请求。我想说的是突然死亡和漫长的折磨之间会因人对生命的感受不同产生不同的内心反响：青海玉树的地震造成了两千多人的死亡，那是一种可以直接感受到的伤害，于是其他人知道该怎么做，更知道怎么做最能体现人性的关怀。云南的干旱就不太一样了，它毕竟不会带来直接的死亡，想法子多打几眼井就行了。于是云南的干旱和云南山民的苦难在很多人的内心世界中消失于无形。

世界很讲究平衡，雨水太多了会造成疾病和瘟疫，不下雨同样会制造很多疾病。这种情况在动物身上体现得充分，死了很多猪马牛羊，也死了很多猫和狗。人的情况好些，虽然生病的多起来，但还不至于一下子就死掉。说到底就是缺水，那种来自天空的即便是带着尘泥的雨水。不是雨露滋润禾苗壮的问题，是简单的和基本的生存问题。

其他地域的人当然没有义务感受某种内心的不安，西南的干旱毕竟和人的日常活动很难进行直接的联系。虽然很多人心里清楚他们不是把水仅仅看成为水，也都清楚他们是一边述说着节约用水一边浪费水。文明和知识把人们的内心世界分裂了，也就是人们一边不停地批评这个世界不该挥霍珍贵的水资源，一边心安理得地每天用一吨的水洗刷娇贵的肢体。沐浴是人文明和高贵的象征，每天洗一次似乎也难以证实这种文明和高贵。

有着良好教育和修养的人们已经习惯了一边表达美好的愿望一边让那些美好的愿望离他而去。

如果你对这样伟大的奇迹无动于衷，只能是你不感恩，白眼狼！

我的意思是说，云南的干旱与所有人无关，它只能是云南山民的劫数。

马武村的一个老山民看着湛蓝的天空，两只眼睛突然闪现出奇异的光亮来，他塞给我一支烟，然后自己点着他的烟，使劲抽了一口，说："地震吧，地震完了政府给盖房子！"

我看着他，我不知道该跟他说什么。

"是不是地震完了政府都给盖房子？"他问我。

我说有时候是有时候不是，但大部分是。"可是……地震一般都会死很多人。"我补充说。

他没有搭言，扬起脑袋看了看天空，高远的天空还是那么蓝、湛蓝！"老天不下雨，就是不下雨噶！"我看见他的眼角有泪水流出来。

"去年竹子开花了，好望得很。"他用袖子擦擦眼睛，"只要竹子开花，来年就要大旱噶！"

他一直在翻整他家的土地，那是山边的一条耕地。土地很瘦弱坚硬，有很多小石块掺杂在土里，一镢头挖下去土地就冒起一团尘雾。这一带的土地差不多都这样子，每块田地边上都整齐地堆满碎石；每次他们翻整土地的时候都会拣出很多碎石，年头多了，碎石块就自然而然堆砌成了田埂。

"下了雨，能种点儿啥子就种点儿哈，地是不能荒的。"

我说："如果来得及，就种些西瓜吧。"

他说："还是种粮食吧，饱肚子。"

我说："咱国家现在有粮，种西瓜多卖钱，买粮食吃哈。"

他摇头："种粮吧种粮吧……"

不远的山腰处有人也在整理土地，听不见镢头挖地的声响，只能看见一团一团尘雾升起来，散去；升起来，散去……

山上的树木还是绿色的，山上的草也是绿色的，但空气没有以往的那种湿润和清凉。阳光照射着山脊和树梢，山脊和树梢的边缘像水纹一样断断续续闪动，又像云雾似的飘浮……

那会是雨水降临的先兆吗？

对了，明天就是五月一日。

每一年都会有这一天，很多人都说那是全世界劳动者的节日。

山间生活

古人说小隐隐于野大隐隐于市，讲的是真隐假装隐，隐的境界。

我来到云南山里不是要隐什么居，大隐小隐都不是。只要不是一个过分矫情的人，只要你别假装虚无，你就清楚：不管你喜欢还是不喜欢，人离了人没法儿活。生活在山里或城里的绝大部分人只是因为爹妈在那儿造出了他，属于被选择之类的问题。当然了，如今生活中多出了一个生活质量问题，对质量这个概念的不同理解决定你对生活环境的不同评价和选择。我没觉得都市人文化人比山里人更好或者更坏，我曾经一直是他们中间的一部分；同样的判断是我也不觉得这个世界有什么特别的不好，因而我从来没有尝试过切断和这个世界的正常联系。

山村如今有电灯有电话，还有网络，有电视还是有线的或者数字的，有高速公路跑长途大巴有山间柏油路砂石路跑摩托车和电动三轮车。这些都是一个正常人和外界沟通的基本途径，你在中国北京上海在美国华盛顿纽约在大不列颠伦敦，不一定就比在山村更多地了解整个世界。前提是你有愿望有精力建立这种联系，你所处的位置不是很重要。电讯这东西不偏不倚都是一个速度，它绝对不会有选择地供应信息。你不必为自己不能陶渊明而感到不那么高贵，更不必把信息是否通畅作为不能隐居一把的理由。喜欢都市生活从来都不是罪过，那是大多数人都喜欢都适应的生活。我只是从生活多元性的角度告诉你，山里的世界极有可能成为你永远的谜面，你即便来旅游了照相了感慨了，还是免不了1加1算错了等于3甚至等于100。问题是你不知道错了，也没必要知道错了。彼此都有自己认可的和固定的生活，自娱自乐。

都市生活对很多人是美好的和充满诱惑力的，我是个例外。我成年之后就不喜欢城市生活，梦想着有朝一日过上山间生活。心理学家说这是我的性格因素决定的，还说："你有社交恐惧症。"说这话的是一个我认识不久的人，她是搞生命遗传工程的，对生命的态度比心理学家更神秘更敬畏。我喜欢对生命心存敬畏的人，我以为这样的人才有可能尊重生命。

既然大师们都说性格即命运，到我这儿就不能不认可命运即生活，于是到山间过一种不那么社交的生活就成为梦想了。

这个梦想能够相对实现是因为它正在实现，没有很多哲学呀宗教呀，也没有大隐小隐境界的考量。比如能来云南也是因为各种机缘巧合：20年前第一次来云南，一进昆明就给它吸引了。离开昆明到了大理和丽江，越发认定那时候的云南就是梦想中的山间，天空离你那么近，一伸手似乎就可以抓到一片云彩；后来有机会接触了一些山里姑娘，觉得这些姑娘不喜欢没事儿整事儿，想什么就说就做，省心；再后来真的和一个山里姑娘生活了，更感觉人全方位干净，舒心；再再后来因为这姑娘是滇东北的山村长大的，滇东北刚好还没有被都市人破坏殆尽（大理丽江西双版纳已经不是梦想的世界了，乌七八糟的跟城里差不多了），就到了这儿。

我喜欢带着一只成年藏獒在山边或者山中走走坐坐，有树林和溪水，还有一些小动物，兔子野鸡偶尔还有猞猁。我还喜欢在半山坡的平台上坐着，屁股下边是软乎乎的青草，脑袋瓜顶上是清洁的太阳。我在那里等着老燕采蘑菇，我只会采有毒的那种蘑菇，老燕就说你看书吧好不好，要么就和狗练习爬山。她钻进树林里找蘑菇，看不见她的踪影了，我就对着茂密的林子喊几声，听见老燕的声音传回来，就继续在山脚下的溪水边上看看书假装文化人。藏獒一般都蹲在我身边，它始终很专注地注视着女主人的方向，每次它站起来并且发出吱吱声，我就知道老燕又没影了，就再喊叫几声，老燕的声音再传回来。

我只是喜欢这种相对安静清洁的生活，正在努力把这种喜欢变成完全的现实。

我不太清楚人们的询问出于怎样的考虑，只是感觉出些许不真实或者矫情。真实的情况应该是一方面假装向往山间生活一方面离不开都市，至于都市的繁华属于谁，不是最要紧的，要紧的是那些东西他至少看得见。就如同没吃过猪肉也见过猪跑一样，山民进城之后回到山里要跟寨子里的其他人炫耀，他当然不会计较那个城镇是不是他的，别人也不会计较。住在城里的大部分人瞧不起乡下人，唯一理由是你住在乡下我住在城里。至于他在城里活成什么样子，根本不在比较范围之内。上海人瞧不起外地人的原因也就这一个：他是上海的户口，你是外地的户口。还是不必管谁生活得如何，居住地决定一切了。外地人对上海人看不惯，其中也难免有同样的原因，只是不愿意认账罢了。

我不喜欢上海人，只是因为不喜欢他们吵架的方式：鸡毛蒜皮能纠扯三天三夜，男人之间也经常是低着脑袋往对方怀里拱——给你打给你打！上海外滩的后半夜是美妙的，灯火繁星倒映水中，安静得能听见自己的心跳……

我不喜欢北京人，只是因为他们说话永远卷着舌头，好不容易不卷了，嘴里又含了蛋似的东西，就像给人宠坏的孩子话也不能好好说。更多的人不喜欢东北，也是因为东北人本身的臭毛病太多。这些单独的或集合的原因对单个人来说都有最强的说服力，它足以影响你对居住地的选择。

还会有很多理由，比如饮食，比如空气，比如声音，比如你对熟悉的环境熟悉的人抱有怎么样的感情……任何一种都可能成为选择自身生活的根本原因，所有一切也可能对你的选择不相干。每个人都有自己生活中最看重的部分，他总是会在选择中以那个部分作为基点。更多的人没有选择，众人的选择就是他的选择：世世代代都差不多那样过的，他也就那样跟随了。也正因为这样才有了传统，正因为这样才有了秩序。户口本只是为了更有传统更有秩序，至于何时成为一种身份和价值的无价证券，没考察过，不好瞎说。得益于这个无价证券，我们可以利用老燕的农民户口置换土地，也可以被允许盖房子。这时候城市户口没用，一寸土地也换不来。

你可以想清楚的：山间的生活属于人类生活，属于人类生活中最普通的一种生活。

你不太容易想清楚的：山间的生活是那种山民必须接受的生活，属于都市人走一趟的生活。

山间生活和都市人想象的相同又不同，相同的是青山绿水，不同的是青山绿水不当饭吃，你住上几天就得走了。最根本的大概是太安静，你受不了这种安静，你宁可去忍受都市的喧嚣，你知道那里才是你能够活下去的地方，那里有你习惯的传统和秩序。

我的意思是：山间生活并不是随便什么人都可以享受的生活。

准确说，不是随便谁都有能力享受的生活——这句话包含的实际内容很多，只有你在山间生活了，你才有可能明白这不是瞎说。

去那个洞的路上

长住了会泽，免不了看一些有关滇东会泽雨碌大地缝的文字介绍，诚实地讲：没感觉。也看过一些照片，照片上的大地缝有个入口，被命名成了生命之门。女性外生殖器的另外一种说法，符合基本常识似乎也神圣。还是诚实地讲，没感觉——类似的山洞太多了，凡是景点儿就都有个名堂。还说大地缝形成了地下河，但无论是张家界还是镜泊湖或者是本溪，都有地下河而且是让人叹为观止的溶洞。后来我家老燕说生命之门还不如叫紫河口好听，她解释了紫河口的原意：人在降生的时候要乘坐胞衣紫河车才能来到人间，紫河也就是神话中上下九重天之间的那条河，说白了就是阴道，紫河口当然不需解释了。老汉也觉得叫紫河口更好，不装神圣但很神圣。

于是没想过要钻这个大地缝和石做的阴门，生理上不太舒服：原本不管你愿意不愿必须从娘那里出来，一定还是好不容易从娘那里才出得来，再不想钻山洞子体验那份生命的费劲了。

这一天是2009年6月6号，很多人都去了雨碌大地缝，我也跟随很多人去了雨碌大地缝。集体活动就这潜规则：你跑单帮不碍别人的事，但别人会硬说你就是张钰类型的品种。这比喻有问题，对付着听吧。我跟在大家后面努力不做张钰，后来不知不觉就跑到前面去了。

原因简单：雨碌大地缝非常让人惊奇，准确讲是得到了一种很震撼的感受。如果可能，我想我会在那里住上一段时间的。震撼不是来自那个洞口，我说过我不喜欢钻那东西；震撼也不是来自那条地下河，我说过比它值得一看的地下河多如牛毛。

我说的震撼来自去那洞口的路上：你夹在两座山峰之间，你有足够宽阔的人工阶梯可以行进，但你依然感受到其中一座山峰的压力。大概是它相对于对面的山来得更陡峭，也大概是因为覆盖了深林才流露出更多的神秘。它似乎一直暗示你那个去处蕴含着某种不可知的危险，这使得一个敏感的人走在坚实的阶梯上却会随时感受着坠落的疼痛。越接近洞口那种压迫感越强烈，海拔高度原本是在降低，但你的呼吸却更加局促了。河水在入洞之前形成几道小瀑布，水流声随着峡谷的加深变得很响亮。它的声响笼罩着你，湿润的雾气从你的脚下升腾起来又落进河水里消失。大地缝据说有十几公里长，地下河一直通到牛栏江汇入金沙江。有民间探险队想顺着地下河找到入江口，结果差一点儿把探险的小命儿交待在里面。那时候还没有人工修筑入洞阶梯，雨碌乡政府组织了20人的救护队，顺着地上河进洞再沿着地下河一路深入。人救出来了，此后再没人提探险的事了。可以理解的原因：探险的变成被探险的，好说不好听。时至今日，这条地下河准确长度和深度有多少，还是不太清楚。如今人们的探险欲望强了，探险的队伍多了，水平也高了，估计迟早还是会有人再来探的。

你终于看见那洞口了，再看见洞口两侧草木稀疏斜身而上的山岩，那的确像是一位仰卧在溪水上支起双腿的女人，你看见了过分夸张的张开的阴道口的局部特写。没什么一热之类的冲动，只是有点不那么舒服：大概每一个和老汉一样的假道学伪君子类型的人见到这情景时不可避免要诞生类似的第一次联想。我强迫自己别装深刻别装大师也别装纯真别装无邪，我努力让自己表现得像个精神正常的中性人，但我还是不由自主地看看那个洞口。每看一次肛门括约肌就哆嗦一下，凡遇到可怕的事情我总是这样。我不害怕看见自己流血，但害怕看见别人的血。看见别人流血，我这边肛门括约肌就打摆子似的抽搐个没完没了，腿也软光想着一屁股坐下。看了几次那扇门之后我腿软得也想坐下去，但估计是一直没有鲜血出现，挺住了。回想起来我始终围绕着一个假想给自己设计一个关乎生命的选择：如果女人的生殖器都这种状态，虽然老汉形象超丑陋，但我还是愿意以现在超丑陋状态做个女人。

在抵达洞口之前我回头张望，于是看见了被人称作"思想者"的天然巨石。我不清楚为什么要称作"思想者"，就因为它弓着腰手撑脑壳吗？我琢磨着那块石头叫"闷骚的猴子"也会比"思想者"要高贵得多。"思想者"给众多景点用得发霉发臭另外谈，究竟是算罗丹的呢还是算雨碌的呢？版权问题已经是个问题了，很夏洛克很哈姆雷特。

拍了一些照片，但不是专业器材，往往肉眼中的景观很酷，但成像时候反倒不如真的来劲。

没进那个洞，里边的事我不知道。

据说比外边好，我猜那是必须的。

上山，勒野鸡去

　　山村的男孩在成为男子汉之前如果没有相对殷实的家庭，娶个媳妇就十分艰难。大部分家庭采取的方式和内地差不多：借钱把新家建造起来，然后由新婚夫妇慢慢还账；也有担心还不起的，就采取不太磊落的方式：从别人家里借一些家具电器什么的，这边婚礼结束入洞房成了好事，那边新媳妇早晨起来就发现新房的堂屋空空如也了。哭一阵闹一阵，婆家人好说好劝加上一些前途理想展望，只能认了。也有说了劝了还哭还闹的，丈夫就要噼哧啪嚓一顿家庭暴力，只能认了。

　　我们居住的这个村子没娶上媳妇的小伙子不下十几个，最厉害的一家哥儿四个都单身贵族，算上已经丧妻十几年的老爹，清一色光棍。准确讲老大曾经有过一个媳妇，但结婚不到一年就跟着一个四川小伙跑了。那一年老大媳妇怀了孕，但她瞒着丈夫做了人流。做丈夫的每天背着媳妇出出进进上厕所呀打针呀，但妻子并没有被感动，养好身体突然就人间蒸发没影了。

　　为了媳妇的不翼而飞老大喝了农药，就是那种叫作"乐果"的东西。那是冬天，眼看着要过大年了。家里人也没有想到要送老大去医院，就平放在外屋的床板上。老大跟死人一样躺着，他一动不动躺了四天。就在人们认为老大活不过来的时候，老大的身体开始冒热气。先是头发里一股一股地冒出热气，然后是衣领那里往外冒热气。大家都给他的这种情形吓住了，胆子格外小的已经号叫着逃跑了。

老大坐起来之后摇摇脑袋，说："给口水喝！"

没人敢搭腔，你看我我看你不敢上前。还是他爹硬着头皮端了一碗水过去，大儿子一口气喝干，还要。

我第二次到滇东北时，老三和老四都到昆明打工去了。老大在家养了几头牛，老二每天上山套野鸡兔子拿到集市去卖。按道理这种日子不能说过不下去，但哥几个还是都没娶到媳妇。

前几天晚上老二掏出一个小塑料纸包给我看，很神秘地说采到了冬虫夏草。我看了一眼说这不是冬虫夏草啊。老二说是！

老燕过来看，嘻嘻笑了，说："这叫蛹虫草，不是冬虫夏草。"

老二说："都是虫草哈。"

老燕给他解释蛹虫草和冬虫夏草的本质不同，最后说："简单了说你这虫草卖不了钱，冬虫夏草卖大钱。"

老二有些沮丧，但还是把塑料袋小心地收起来。

老二说："洪大哥，明早我们一起上山勒野鸡去吧。带上烧酒和盐巴作料，勒到了就在山上烤了吃。"

第二天我们就上山了，同行的还有老燕、老燕的弟弟。没敢带上煤球，煤球见了老燕的弟弟就咬。

每一座山都有当地人起的名字，我们要去的山大概因为山上的土是红色的，还因为这座山比周围的山要矮，所以叫了一个"红泥巴沟"。高和矮在乌蒙山区是个相对概念，红泥巴沟爬起来也同样吃力。山间有农民种田时踩出的小路，但要勒野鸡和兔子只能走那种人不能走的地方。那种野物走的路藏在树丛和蒿草中，不注意是很难识别的。

老二一边走一边提醒我们不要绊了套子，同时他还要下新套子。我注意到他下套子的方式和北方山民略有不同，他利用了西南山里那种特有的树枝。我还不知道那种树的名字，但看得出枝条的韧性和弹性非常好。老二把套子一端挂在一条树枝上，然后把树枝弯成弓脊状插进泥土。他解释说野鸡和兔子只要绊上套子，树枝就会弹起来，猎物就给套子勒紧悬在半空了。

中午时分，我和老燕都爬不动了。

我说："你们俩继续，我们要下去了。"

老二说："我们套到了，就喊你们。"

那天我们没有吃到野物。

隔了几天，还没吃到。

我说："你不是说每天都能套着吗？怎么这么多天过去了，还没见着你的野鸡和兔子呢？"

老二说："套着是套着了，不知道给谁偷走啦。"

半个月过去了，老二的野鸡还没见踪影呢。

有一条溪流

在我们居住的村子边上有一条溪水，是梅子河的支流。

我曾经沿着小溪逆流而上寻找源头，惭愧，我没有找到——小溪穿过了一个山洞，山洞勉强一人高，我不敢进去。我想过要进去，但走了十几米就退了出来。我必须承认很害怕。

不是这么回事，我没有担心那些东西，我第一时间联想到的居然是恐怖电影里的那些东西，这让我不寒而栗。我退出山洞以后感觉舒服了一些，然后就批判自己的胆小如鼠，然后我还是不敢进去。小溪的名字也是让我止步的原因：蚂蟥箐。虽然溪水清澈见底，但我还是担心山洞里会有蚂蟥，除了担心有蛇，还担心有其他猛兽什么的。

梅子河的名字怎么来的没有人说得清楚，似乎和一个或者几个传说有关。不是爱情传说，所以流传的力量就不行。时至今日，能讲出传说的具体内容的人基本上找不到了。蚂蟥箐也不太可能有蚂蟥，它太干净了，水流也急，根本就不是蚂蟥类虫豸的生存选择。我没有那种考证癖，只对眼下正流淌的溪水本身感兴趣。老燕的父亲说这条溪水可以直接做矿泉水，市里的有关部门做过很多次化验都说就是天然矿泉水。溪水的确很好喝，爬山中间喝一口，感觉就已经不单纯是解渴了：很甜很清新一下子就爽到肚子的下半截。

小溪的流量不大，最窄的地方只有几十厘米，最宽的地方也不过几米。县里曾经想拦河筑坝弄个小水电站，还打算建个矿泉水厂，但因为溪水流量不够，最终只是在山洼建了一个普通蓄水站。

就是这条山间溪水，养育了沿河十几个村落的山民，人数不会少于10万。人们自己修了很多水管水渠，把水引到自家院子和稻田。溪水沿岸的土地和云南大部分土地一样很贫瘠，但凭着这条小溪，人们就能够抵御滇东北的少雨季节。滇东北几乎每年都要春旱，但蚂蝗箐一带的情况就好得多。

蚂蝗箐的形成不依赖降雨，它的源头来自地下。蚂蝗箐源头的出水口叫凉水井，总共两处，分大、小凉水井。大井直径不过一米，小井直径不过半米。我还没有机会看见，都是听当地人说的。当地的老年人说这两眼泉水井自古就有，怎么着也有几百年了。无论春夏秋冬雨多雨少，两口天然泉水井始终保持着不变的流量，泉水总是汨汨漫出井口，然后顺着山势流成了这条水流淙淙的蚂蝗箐。坐在山间的巨石上休息时，听溪流声和牛铃声交织在一起，感受山风清凉地吹过脸蛋子，很有点儿假装陶渊明看山的那种情境。

这一带长寿的人很多，老燕的两位姑老祖就都100多岁。姑老祖就是老燕的爷爷的姑姑，前年去世的那位一直和老燕家生活在一起。她终年104岁，临终前还把一顶彝族凤冠留给了曾孙女老燕。姑老祖在世时和老燕的感情最深，她留下凤冠是要给曾孙女一个长久的纪念。这顶凤冠如今寄放在老燕的小叔叔那里，这次到云南后还没和他联系上。老燕的祖母去世时不到一百岁，但按照人们的平均寿数，无疑也是长寿的。老燕还有一位姑老祖健在，今年夏天108岁。人们对长寿老人的众多存在持一种感恩态度，他们觉得这里的山山水水是上天给人们的恩赐。

一座座山一座座山川相连

没有进过大山的城里人都会把那里想象成人间仙境，动不动就陶渊明什么的。要是真的让城里人进山生活就远不是那么回事了，我确信这些人大部分挺不了一个月，即使不闷成疯子也憋成变态。其实生活单调和困苦还是小事，最糟糕的是：你的生命真是轻如鸿毛，一阵轻风吹来，就有可能飘然而去杳无踪迹……

我家的老燕和她妹妹是双胞胎，她们姐俩就差一点儿给丢掉一个。但毕竟是双胞胎，算得上比较吉利，就两个都留了下来。自从有了弟弟，老燕就要背着弟弟去上学读书。她的小学相当一部分时间是站在教室外面度过的：弟弟时不时要哭闹，老师就让她到外面去听课。她跟我说："没有觉得苦，只要能让听课，怎么都行。"这时候老汉鼻子就很酸，幻想要是早来云南20年，就把老燕买了带走当女儿养大。女人总还是有的，老汉顶多另找媳妇就是了。

我几年前去老燕的家乡时，见到了我的小舅子，我的判断是他除了有把子力气，基本就是啃老族那伙儿的。这小伙子在家里绝对有地位，他自己也把家里的一切都看成是自己的财产。他平时就是在家里帮助奶奶干活，像小葛朗台小严监生一样看着家里的一草一木。

山里都这样，家家如此：女儿基本上就是为了卖个好价钱才养着，做牛做马一般。亘古至今，代代如此。

在黄家山边有一个小村子叫黄家村，全村的人口也不会超过500人。就是这么一个小村子就发生了好几起死人的事情，我说的不是那种正常的死人。黄家山是乌蒙山山脉的一座小山，海拔高度在3600米左右。这座山还只是山脚一带被破坏，修整出了一块一块梯田。山根以上还没有被开垦，整体上还算得上郁郁葱葱。我在那里居住的时候，经常和老燕到山上去采蘑菇。只要下过雨，山上的蘑菇就格外多。我采蘑菇其实没有什么收获，好不容易找到一个，还大半是有毒的。老燕是行家里手，她一会儿工夫就弄到半筐。然后我们就坐在山上休息，看着远处迷雾笼罩的一座座山峰，听着山涧里溪水流淌的声响。那种感觉很好，我常常一坐就是一个小时两个小时。这种时候老燕就继续在山林间寻找草药和蘑菇，那只黑色大狗一直跟着她，时不时能听见老燕大声呵斥："你差点儿把我绊倒！我滚下山去怎么办？打你！"黑狗大概给她打了，吱吱地表达不满。

每个靠山的村子都有看山人，黄家村看山的男人姓娄。看山人就是那种负责看护山林，村里给发工资的护林员。老娄不到40岁，山里人看着老相，老娄看上去和城里50岁的男人差不多。黄家山和村子只隔一条石块小路，老娄平时并不住在山里，每天巡视一遍就算完成任务。我上山的时候也能偶尔遇到他，他总是很憨厚地笑笑，跟我家老燕打声招呼继续巡山。有时候他还会问："想要野鸡哈？等哦（哪）天打一只给你家送过克（去）。"老娄还真的打了两只野鸡，15块钱一只卖给我们，很便宜。

黄家村里有个女人姓黄，她丈夫也姓黄。老黄属于那种老实人，在乡下老实人一般都挨欺负，但不意味着挨老婆欺负。老黄就经常欺负老婆，山里人欺负老婆的标志不是搞女人，是打。老黄媳妇经常给丈夫打得青一块紫一块的，但她还必须要带伤劳动。我家老燕的母亲也经常挨打，打完之后也是和平时一样下田。老燕的母亲属于坚韧不拔类型，最终还是她赢得了战争：家里由她说了算，她有一串钥匙，能打开各个箱子匣子，那里边是这个家庭的经济基础。

老黄媳妇上山砍柴的时候经常会遇到老娄，老娄也经常违反规定让老黄媳妇砍小树。后来人们就开始传，说老黄媳妇和老娄搞上了，还有人在山上看见过他们干那个。黄家山虽然不算很大，但林木茂密，藏进去个把人就像石沉大海。但人们说得细节生动，不由你不信。山里人讲闲话讲到一定程度的时候就直接讲给当事人，当事人一般也就是回骂一阵子。这也是村子里的一种娱乐项目，只有这种事情才能唤起人们奇怪的热情来。人们见到老黄就揪住讲给他听，老黄回骂几句完事。回到家里他就拼命打老婆，每次都打得半死。人们听着屋子里妈呀爹呀的叫声，很少有谁去劝阻的。村委会干部一般也不会去主动制止，除非告了，否则也和大家一起看热闹。大家心里有数，怎么打也不会往死里打的，还有就是搞破鞋的女人大家都说该打。

岔子出在老娄媳妇身上。

老娄媳妇自从听人说丈夫和老黄媳妇搞破鞋，就经常找老黄媳妇打架。但她没有老黄媳妇的力气大，回回都给老黄媳妇打回去。其实老娄媳妇没有抓到过丈夫和老黄媳妇搞破鞋的现行，但她相信村里人说的。更主要的是黄家和娄家的亲戚也这么说，就不能不相信了。后来老娄媳妇就拿着武器去战斗，不是拿棒子就是拿铁铲或者锄头。老黄媳妇也拿武器迎战，两个人噼哧啪嚓叮叮当当但主要是武器的碰撞，谁也不太敢朝身上招呼。往往打到最后老娄媳妇丢了武器，一屁股坐在地上哇哇哭哇哇骂。老黄媳妇也一边哇哇哭哇哇骂，但她的哭骂没有老娄媳妇有力度，明显底气不足。

后来就出了大事。

老娄是这样讲的：他上山巡山的时候遇到了老黄媳妇，他们坐在一个山坡上休息说话。这时候他老婆突然就钻出来，她手里还拿着一把大剪刀。她上来就要扎老黄媳妇，他上去阻拦，他老婆一剪子就扎在他的大腿上。他使劲一推，他老婆就滚下山坡。看见她给一棵树挡住一动不动了，他感觉有点不正常。他急忙下去看老婆是不是受了伤，这时候他看见老婆的脖子上有一个伤口，血滋滋往外冒。他拿手堵也堵不住，眼看着老婆没气了。他就背起媳妇往家里跑，跑到家里的时候人已经硬了。

老黄媳妇是这样讲的：这一天她又上山砍柴，她在山坡上遇到了看山的老娄。她也累了就坐下歇着，和老娄说说闲话。这时候老娄媳妇突然举着一把大剪刀冲出来，老娄去拦，她把老娄扎了一剪子。老娄推了她一把，她就摔倒了滚下山去了。她听见老娄喊叫说老婆死了，就下去看，就看见她给自己的剪子把脖子扎了，一山坡都是血。她手里一直握着那把大剪刀，剪刀和手上都没有血，眼珠子瞪得溜圆。

老娄媳妇没机会说了，她已经死了。

老娄把媳妇背回家，给在城里打工的女儿打电话。女儿回家看见妈妈满身是血地躺在木板上，扑在身上就哭起来。

村委会的人来家里问问情况，说："你打算就埋了还是把她送回娘家？"

老娄说："就埋了吧。"

但城里打工的女儿不同意，她不敢和爸爸对抗，入夜以后就找了两个城里小伙，把她妈妈抬上汽车就跑。老娄听见动静出来，只看见汽车卷起的尘土。他跳着脚骂了半天，然后给自家亲戚打招呼，准备迎接丈人家来人。

在当地的风俗中，有一个比较特别的现象：一旦哪家的人突然死亡，如果就在当地埋葬，就表明是没有疑问的死亡；一旦把尸体送回婆家或者娘家，就意味着死亡存在问题，或是死者自身的问题，或是死者死因有异。

娄家女儿认定了母亲的死不明不白，就把母亲的尸体运到了自己外公家的村子。外公家族的人马上集合起来，一路浩浩荡荡杀进黄家村。黄家村这边也早有准备，拦在村口不许队伍进村。这时候两个村子的村委会主任出面调解，和每次此类事件的结果一样：娄家请丈人家族的人吃饭喝酒，再赔上一些东西和钱。之后把老娄媳妇埋在娄家的坟地，完事。

老娄继续当看山员，每天照例去山上巡查一次。老黄媳妇照样还要上山砍柴，人们继续说老娄和老黄媳妇搞破鞋。老黄每次都和讲闲话的对骂一阵子，然后回家打老婆。突然有一天骂架之后回家没有打人，原因是老婆给她做了一只黄焖野鸡，还给他买了一瓶大泉二曲。大部分农民们没有闲钱买瓶装酒，过年过节也只能喝自家酿制的苞谷酒。老黄喝完酒睡了一个好觉，第二天再有人来拿他老婆搞破鞋的事情逗他，老黄抄起一把大镢头就挖上去，吓得对方转身就跑，老黄一边追赶一边大骂。

我在山里居住的那段日子里，还听说过一个23岁姑娘的死。据说她的鼻孔流的血还没有擦干净，黑色的。姑娘的手指甲也是黑色的，非常明显的中毒症状。但他丈夫和妈妈当天就把她埋葬了，村里人虽然议论纷纷，但也没人报官。

我家老燕和死去的姑娘是初中时的同学，这姑娘比他丈夫小18岁，她妈妈只比她丈夫大一岁。传言说是她妈妈和她丈夫合谋害死了她。但也只是这样说，没有谁可以证实。

我只想活成一棵寂静的树

昨晚珞妮睡了，我也半睡了。珞妮妈妈进来把我捅醒了：有个人来找你。我问是谁？有什么事吗？他说他是××局的。我坐起来，不管是啥局的，只要政府部门的，来找我都没什么喜事。不认不识的，他们才不会来友情探望我。我说你先下去，我马上。

我下楼，那个人站在办公区中央正在跟珞妮妈妈说话。他转过身来，我看到了最熟悉的一张脸：留了长胡子的脸，云南艺术家的脸。

他自我介绍，同时拿出一个小红本递给我。我看到他比我小一岁，的确是政府的人。

我问有什么事情要我做？他说没有，我就是专程拜访，你大名如雷贯耳。

我说，你在会泽？

他说不是，我在曲靖市××局。他说我和×××还有××是好朋友。

我说很久没有见过他们了。

他说莫言来看望过你，我……他竖起拇指。

我说他是顺道儿。

他说你可是我们的偶像啊！莫言得了诺贝尔文学奖，你一点儿不比他差。

我说我离开文学很久了，不知道这些事。

他说不可能吧？你设了洪峰文学奖，怎么会是离开了文学圈？

我说那个奖是曲靖日报的功劳，和我无关。

他说你出了奖金的钱，你不参加评审吗？

我说我不参加，他们做得很好。

他说你出的钱你什么都不参与，都让别人说了算，这可能吗？

我说可能。

他说这颠覆我的三观了。

我说我不参与他们更自由，不必被我的观念限制或者影响。

他说我是刚刚发了一首诗，怎么没人评？

我说你参加了就会有人评的。

他说他们不给我发，我发到了别处。

我说那是人家的规则，你在别处发的就去别处参评，这很公平啊。

他把手机递给我，我在××诗刊上发的。

我没有接手机：我不看，我很多年不看了，看不懂更提不出意见。

他收回手机，说你还是要写作啊！

我说我写不出来了。

他说是不是江郎才尽的意思了？

我说是的，我二十年前就江郎才尽了。

他说所以你到山里来了？

我说是的，我到山里做农民了。

他脸上露出鄙夷的神情：你干得了农活吗？

我说干不了。

他说那怎么是农民呢？

我说你说得对，我以后会努力的。

他说你必须要写！

我说为什么啊？我写不出来啊。

他说你要是说自己写不出来了，那让我这样的怎么活？

我说我不太明白，你怎么就没法活了？

他说是啊，你都不写了，我还咋写？

我说你今年也花甲了吧？

他说是的。

我说你继续写你的，我继续学习和做农民。我们得知道每个人都有自己的活法，不要勉强别人按照自己的愿望活着。

他说你颠覆我的三观了，我无法理解。

我说那就不用去理解。

他站起来转到我身边，举起手机要自拍合影。

我伸手挡住：别拍照。我不想与人合影。

他说那莫言来了你不是合影了吗？

我说是的，因为我和他是朋友。

他说我们不是吗？

我说不是，至少现在不是。

他把头伸到我眼前：你自闭？

我说是的，所以来了山里。

他说你难道不需要朋友？

我说我有朋友，都是老朋友。

他说再不交朋友了？

我说是的。

他说我懂了。

然后他转了半圈，他说你的大名如雷贯耳，我很崇拜你的，没想到……

我说你和我一样已经年过花甲了，不需要崇拜任何人了，自己做自己喜欢的就好。

他说我真的是很崇……

我说你读过我什么书？

他停顿了几秒钟，实话说还真没读过，但不影响……

我笑了：很有影响的，你只是不知道在哪里会受到影响。

他说在哪里？

我说你喝点茶。喏，还有葡萄干和橙子。

他说不吃了不吃了。

他转身往外走，双肩有些下垂。

我有些伤感，但没有再说话。

俪桦，送送这位老师。我招呼正在忙着打包的一个姑娘，她答应着跳起身追出去……

我知道，胡子艺术家会把和我见面的事添油加醋到处讲，于是我在曲靖甚至云南已经乌漆麻黑的形象很短时间就会变得黝黑黝黑铒亮了。

我知道这个结果，但不想改变自己。

我唯一能做的是跟珞妮妈妈说：以后除了我们熟悉的，不论是谁来，你都不要叫我。

乡间趣事

前天晚上和本村的村民签署了土地流转协议。签约双方和证人都签了名，摁了手印儿。

说好第三天上午一起去银行取钱当场结算。

当天晚上那个村民突然来山庄，说他在协议上的手印儿不清楚，一定要重新摁一下。珞妮妈妈很感动，把那张纸找出来给他。

他拿起来就跑出房间。

珞妮妈妈追到门口问他：这是做哪样？

他一边往大门外快走，一边说：等拿到钱我再还你合同。

珞妮妈妈跟我说这事儿的时候，一脸哭笑不得的样子。我说那就给他拿着吧。他们一直是这样对待承诺的，说反悔就反悔，提起裤子就不认账。回家后一商量，担心我们不给钱却赖他的地，于是来了这么一手上保险。

今天上午珞妮妈妈带着珞妮、证明人和那个村民，一行六人同去银行。

原本说好当面点清，那村民说不用点了，银行一捆一捆都是数好的。接下来他担心这么多钱拿着不放心，不敢离开银行。

珞妮妈妈说：你还是办一张银行卡吧，这样就不用担心了。银行的工作人员要他设个密码。他说：你帮我设。工作人员说：大叔，这样不行，密码只能你自己知道，我们知道了万一偷你的钱你就惨了。办理了银行卡，他一定要珞妮妈妈给他取一点儿钱：你要帮我取点钱出来，能取出钱，这卡就是真的。

他顺利地取了3000块钱，放心了。

珞妮妈妈说：你等下。她请工作人员给他打开余额界面，让他看看清楚取出钱之后剩下的钱数对不对。工作人员打开，他用手指点着屏幕：1！2！3……不对，个！十！百！千……

他很开心了，说：中午我请你们吃一顿！

珞妮妈妈说别在城里吃了，很贵的。我还有事要回家，你们中午就在我家吃吧。

于是中午他们就在山庄吃了饭，我给他们拿出一瓶放了9年的水井坊。

端起酒杯的时候，我问：你们哪位是跟我们换地的？大家都指着他：是他。

我说：听说你拿着合同跑了？

他嗯嗯嗯了几声。

我笑了，大家都笑起来。

他也笑了，很不好意思的样子。

寻找丢失的时间

2017年5月11日晚，洪峰出现严重的幻视幻听，经确认，这属于致幻形蘑菇中毒的症状。治疗康复后，洪峰写下该系列文章，以作记录。

——编 者

努力找回那个熟悉的爸爸

今晨零点左右入睡，3点45分醒来。我问珞妮是不是要去厕所？她迷迷糊糊坐起来，我说爸爸很疲劳，你自己去吧。她自己下地穿着我的凉鞋踢踢踏踏去了，回来后马上就继续睡着了。我看了一会儿皇马的比赛，也睡了。再次醒来已经6点45分，就没再躺下。我在卧室卫生间起居室书房之间来来回回观察，再没有出现任何幻视幻觉了……这时候看见楼梯拐角处突然出现了一张白色的面孔，我吓了一跳，心想完了，看来痊愈没有想象得那么快。面孔升上来，越来越清晰也越美丽，我认出是小彤。她说庄主我是小彤，看看你是不是已经起床了。我说起来很长时间了，一直在四处看还有没有那些幻视。她问还有吗？我说没有了，无论是文字还是图画都没有了。她笑了，这孩子平时少言寡语的，但笑起来就晨曦一样清馨。我说你去卧室把昨晚上的药碗和盘子带下去，你燕姐和珞妮一定都已经醒了。

我回到卧室，看到珞妮妈妈和珞妮娘俩一个躺着看手机一个坐着看图画书。我跟珞妮妈妈说了说这个劫难带给我的一些想法，她也说了说这个过程中自己想些什么。她说我是灵机一动才想到我要走到你心里的那个世界去，不去做医生。她说我一直以为你对什么都不在乎什么都扛得住，但我这次才知道没有什么事情你忘记了。你那些一个片段一个片段的胡言乱语连接起来，都是我们经历的生活和你以前我不知道的生活，我更没想到因为我说离婚也给你造成那么大的伤害。她说你注射安眠药睡下的时候也不停挣扎，我握着你的手，告诉你不能动，动了还要重新扎，你就不动了。后来我的手酸麻得实在不行了，就换成用腿压着你的手。你又动起来，我说这是我的腿，我的手麻了。你用没扎针的手轻轻拍拍我的腿，说放松点没事儿。她说因为太累太紧张我还想不了那么多，就是看你在被安眠之后还能做出这样的举动，心里说不出来的难受。

我到书房开电脑翻看昨天下午的微博，看到了很多留言，让人心里暖暖的。我就想不论多吃力，也要继续写一条把自己的现状说一下。这时候小彤上楼来给我送早餐，一只手里还拿着一叠钱：庄主，这是给你洗衣服的时候衣服口袋里的钱。她说还有一些钱燕姐让我放在你抽屉里了，她拉开一个抽屉。我说有多少？她说我没有数，要数数吗？我说不用数了，你让我知道在哪儿就行了。

这孩子是我建文学群时就在群里的，那会儿还在读大学，毕业后就来山庄了。几年间来来去去数十人，她成了除梅梅之外最老资格的员工。孩子们都"90后"，身上毛病数不胜数，但我们一边骂着一边心疼着，她们也一边委屈着一边更正着。当然也有这样的青年，她们说的远比做的好，这样的人不是自己离开了，就是被庄主辞退了。我们这种家庭作坊，用人的原则是只看品行不看能力，能力是可以培养的，人才是可以锻造的。

正想着这些事，珞妮进来了：爸爸，我新学会了一支歌，你想听吗？我说爸爸想听。她说这首歌叫《蜗牛和黄鹂鸟》。我说你等等，爸爸现在记忆里还没有恢复过来，爸爸把歌名打在电脑上。我带着她读了两遍歌名，她开始唱，好像是三段。唱完之后她说我还会唱《×××》（我没有打字保留，结果现在想写下来的时候就想不起来了），我说爸爸想听。她说好吧。她唱完了，我说很好听。她说我下楼去找妈妈了。我说好，别忘记吃东西。她说好。

我心里很难受，我知道珞妮在努力找回那个她熟悉的爸爸。这几天的爸爸她已经不敢认了，那个每天都呵护她的爸爸怎么会突然抓她打她？虽然妈妈也一直告诉她爸爸生了什么病，但估计她还是无法理解。她一边躲着我一边试图接近我，一边跟我聊天一边很不耐烦地反驳。晚上睡觉的时候我们让她睡在一边，她说自己怕掉下床，坚持要睡中间。我说爸爸还没完全恢复，担心会打到你。她不说话，依旧躺在中间，只是背对着我。今天凌晨她被叫起来去厕所，她很习惯地要搂着我的脖子起来，但我就说了一句爸爸很疲劳，她就自己起来了。我坐在床边等她回来，拉着她的一只手帮她上床，她没有拒绝……

珞妮妈妈来到书房，她问打字还是不行吗？我说还是非常吃力，丢字错字看不懂的句子连篇。她说不用着急，造成的这种损害至少要三个月才能完全修复。

你终于相信我了

珞妮妈妈《致幻蘑菇》：5月11号晚饭时候发现老头出现非常严重的幻视幻听，他能清楚描述房间里有许许多多的人，还能告诉你这些人在干什么，还说我们满脸是血。第一次遇到这种情况，吓蒙了，和电视里许多鬼片一样，以为是鬼上身。甚至还用了村里各种各样驱鬼的招，毫无意义。冷静下来之后，确认为致幻型蘑菇中毒。喝了两大碗绿豆甘草黑豆汤后，稍有缓解，准备大量喝绿豆汤，缓解症状。到了凌晨2点多，老头还在细数卧室里的人都在干啥干啥。

紧张和恐惧中打电话给二哥他们，帮忙送医院急诊。

那些敲诈者在病房的天花板上不停地往我的脸上扔东西，那些东西无声无息缓慢地落下来。开始的时候我会在那些东西落到我的脸上之前闭上眼睛，然后就听了他们的窃笑。这让我感到很丢人，除了厌恶我并不害怕他们。他们再扔东西我就一直睁着眼睛看着他们的脸，他们的眼睛几乎是陷进肉里看不见的。他们交头接耳几秒钟，水一样散去。

我已经不指望人们相信我，我只是想如何能逃离，但我动不了也无法采取任何行动。我身边都是晃来晃去的人，那些敲诈者也时不时出现在天花板上、窗台上，甚至就混杂在医生护士中间。我每次试图起身打倒他，每次都落空了。我的手臂穿过他的身体，就像穿过空气。珞妮妈妈几乎是一直抓着我的手，我不能打她也不敢挣脱，她现在是我唯一能见到的亲人，我不知道什么时候她才能相信我说的事情：她和我们的女儿都有危险，这些人会把她们作为砝码进行敲诈。

我不理解珞妮妈妈为什么把我送进医院，我说的所有事情她都不相信。她总是告诉我，是幻觉。为了证明这些人的存在，我不放弃任何一个可能的机会去拍照，但每次都没有成功，在我拍照的时候他们总是能迅速消失。在这种不停地周旋中，我得到了一个敲诈者的纸片，上面写的字勉强可以看见，但很快就会消失。我告诉他我高度近视，如果你不写清楚是没有意义的。后来他又吐出一小块东西，我在地上摸了一会儿才找到，是一小块积木。这一次我看清了：珞妮！

珞妮妈妈《致幻蘑菇》：12日早上回家后吃绿豆小米粥，准备让他休息。他开始越来越癫狂，完全进入精神错乱的境界。

他消失了。

这是我第一次感受到了弥漫全身的恐惧，推测和担忧终于变成了现实。我说你听着，去告诉你们的头儿，我是有底线的。

　　这时候刚刚铺完的地板慢慢鼓起来，然后又慢慢平整；另一个房间的地板慢慢鼓起来呈波浪形状涌到墙边，这一次堆积成垃圾。我知道这是一个警告，他们是想告诉我他们无所不能，我也认为他们的确无所不能，那几乎是超自然的能力，连机器也未必比他们做得更好。我问珞妮妈妈这些人怎么会在我们的家里？她说是我们请来做装修的农民工。我说你上当了，他们想敲诈我们，他们在即将完工时开始了敲诈。珞妮妈妈说老头你生病了，这是幻觉。我给她看那块积木，但积木上的字不见了。我没有跟她争论，我需要找到证据让她明白我没有说谎，也没有生病。

　　他的脸又从办公室的立柱中显现出来，这是一张瘦小的脸，没有表情。但我从他的眼睛中看出他很平静，没有想象中的那种凶恶。我跟他说我可以给你们钱，但我有底线！他的脸又消失了，在他的脸消失的地方出现了一个图案，图案慢慢旋转，我看清了是珞妮侧对着我，她的头伏在一个女人的肩上，她似乎睡着了。我叫她，她没有回应。我伸手去够她，她和那个女人一起消失了，我看到的依然是柱子上褐色的花纹和图案。

　　我的愤怒一点点聚集，我要珞妮妈妈给我拿钱。她说你用钱干什么呢？我说我要去买枪，我要救出我们的女儿。珞妮妈妈又一次告诉我这是幻觉，你不去想他们就不存在了。我告诉她存在的事物不取决于你想不想，更不会因为你闭上眼就不存在了。她问我钱在哪里？我告诉她在哪里，珞妮妈妈让她的妹夫陪着去拿钱。我发现整个刚刚装修完的房屋都已经被他们破坏得狼藉不堪，每扇门迈进和跨出的距离内都有一个陷阱，我要抓紧门框贴着墙壁绕过去才能进出。

我开始自己去寻找珞妮，我确信珞妮已经被绑架了。因为我一直没有看见珞妮，问遍了所有人都说没有看见珞妮。有几次我看见珞妮被他们绑在树上，我赶过去的时候只能看到他们留下的一件裙子或者上衣。有一次我几乎抓到那个人了，她转过身来时我发现是个女人，她的怀里也的确抱着一个孩子，但不是珞妮。她离开时笑了一下，漂亮的面孔一瞬间从下巴开始变黑一直黑到下眼睑。我伸手去抓她，她化成一摊清水渗入土地。我不敢刨，我知道珞妮和她在一起。我觉得我快要疯了（其实人们早就认为我疯了），我到任何一个我认为可以把珞妮藏起来的地方去寻找……

珞妮妈妈《致幻蘑菇》：我想无论如何得让他排便。我下楼后，走到老头跟前，他全身在抖，拿着一截长棍，背着一包钱，喃喃自语，告诉我有一群坏人，绑架了珞妮，要赎金。看样子他在准备各种各样的营救。我摸摸他的脸，很烫，嘴唇也干得起泡，一瞬间心里非常难受，哭了。老头看我哭，他说：别哭，哭啥，总能救出来的，你快去洗洗你的脸，满脸都是血。

我说老头，你的脸很烫，发烧了，我看看舌苔，给你煮一碗药，你要是病倒了，我们就更救不出珞妮了，对不对？

他一下拉着我的手，像找到救星一样，确实是救星一样的感觉，他说：你终于相信我了！

我流着泪点头说相信。然后我让他坐下来，等着我，我去跟坏人谈判，不要再乱走，让他看着钱。我不想他再走来走去消耗体力。

必须面对面谈判

　　珞妮妈妈把我带离医院回到了家里，这让我感到她确实相信我说的了，我们翻盘的机会就增加了。最主要的是他们再没可能从天花板上往下扔东西，我告诉珞妮妈妈那些东西并不让我恐惧，是恶心！恐惧是因为恶心，我不想让她看见那些东西。在家里我是自由的，他们没有人敢出来面对面，我更不会被迫躺在床上任由他们戏弄。

　　我开始主动寻求和敲诈者保持沟通，他们的面孔每次出现我都感到多了一丝希望。我跟他们说你们有无数种方式可以挣到钱，但采取了最糟糕的方式。这个方式在未来可能会伤害到你们自己，因为你们也有妻儿老小。我注意到那个瘦小面孔的人似乎比其他人更愿意听我讲话，他似乎想说什么，但总是欲言又止低下眼睛。他们中间的那个女人也给我带来一点儿信心，她身边偶尔会出现一个小孩，她总是拉着那孩子的手。我认为作为一个母亲，不太容易对小孩子下手。我知道他们无非就是要钱，所谓"卿本无罪，怀璧其罪"。从当权者到普通人，只要有机会，就会因他人怀璧而进行敲诈和掠夺。

　　经过不停顿地破坏我们的房屋，毁坏土地，他们认为已经把我彻底征服了。瘦小面孔再次出现在我们的印花墙布上，他扔下来一个小小的东西然后就消失了。我不想让身边的人看到，就摸索着找到它。是一张只有拇指指甲那么大的纸片，上面的字迹十分模糊，根本无法辨认。我用力敲了敲墙壁：不要再装神弄鬼！把你们的要求写清楚，否则你们什么也别想得到！

与此同时，我并没有放弃寻找珞妮的努力。我认为他们始终就在我们的园子里，只是他们可以随便从天上和地底下进出。只要找到一个出入口，或许就能找到被他们藏匿起来的珞妮。没有结果，我无奈地重新回到那件印花布装饰的办公室，我只能等着他们出现。

瘦小面孔又一次出现了，他从墙壁间塞出一张字条，然后就消失了。

我抠出那张字条，上面的字依旧看不清楚。我想我的视力大概已经彻底不行了，于是决定还是给珞妮妈妈看（后来看珞妮妈妈录下的视频，那是一张很旧的银行转账记录账单，她趁我弯腰乱摸的时候夹进书里，然后提示我发现了它）。我本来是不想给她看的，我认为这些事我可以解决。她知道得越多会越危险，一旦她出了问题，我们就彻底没有机会了。

我说我看不清楚，珞妮妈妈说上面写的是10万。

我示意她不要再说话，我小声告诉她我们的各个房间里都已经被他们安装了窃听器。我拉着她到园子里，我告诉她这表明事情已有转机；只要他们开价，就意味着只剩下这一张底牌。接下去发生什么都不要惊慌和害怕，他们只是为了继续施压。她说我去跟他们谈判，我说还是我去，你不能再有危险。她说他们不就是为了要钱吗？你去谈他们可能会担心你给他们带去危险，否则他们为什么不跟你见面呢？我觉得珞妮妈妈的判断有道理，就同意了。我嘱咐她不要一下子就同意，要讨价还价，但不要激怒他们，最后答应他们就行了。

很快就有了结果，敲诈者们同意交换珞妮。我让珞妮妈妈把钱打给他们，珞妮妈妈说我要签字，她说敲诈者要求写珞妮的爷爷奶奶的名字才行。我写了很多次才完成，不是笔墨没有了就是纸张上早就写满了字（视频显示我还能写出那几个字，但笔画歪七裂八像个刚刚开始学写字的孩子。我还注意到我声音嘶哑，两只手抖得很厉害）。

但我依旧没有见到珞妮，他们只是让那个女人抱着珞妮出现在墙布上，珞妮似乎一直伏在女人的肩上睡觉。女人为了让我可以辨认，她慢慢地转动身体，我可以看清珞妮的脸。我说盗亦有道，你们要讲信用。告诉你们的头儿不要躲着不见，你们如今并不安全，无数人都看到了你们的脸。我没有报警不是真的怕你们，我只是不想因为这点儿钱毁了我们和你们的一生和家庭。

女人面无表情地消失了。

珞妮妈妈跟我商量要报警。

我说这是一个团伙，一个团伙在一个地区能如此猖獗，没有保护伞是无法生存的。我感觉这是直接针对我们的一次行动，这些人背后还有更大的黑手。

她说找二哥。珞妮妈妈说的二哥是她认下的一家干亲，除了二哥还有干爸干妈和几个姐姐。二哥是个有官衔的警察，我们两家的关系一直很好。我认为这个主意可行，但还是等一等。我要等到他们的头儿出现，要确认他的态度之后再做决定是否走最后这条生死路。

他们的头儿出现了，他有半个身体印在墙布上。很胖的一张脸，笑嘻嘻的。我的预感不太好，但还是问他你为什么还不兑现承诺？他不说话，怀里突然出现了一个孩子，是个男孩。他指了指男孩，笑了笑，指了我一下。我问他到底什么意思？他又指了我一下，摇摇头，消失了。

我想不出到底哪里出了问题，我问珞妮妈妈，珞妮妈妈说别着急，交易是成功的。

瘦小面孔又出现了，我要跟他说话，他示意我不要出声。他缩进墙壁，这一次在他消失的地方留下了一个小孔。我把耳朵贴在小孔上仔细倾听，虽然声音微弱而杂乱，我还是大致弄明白出了什么问题：似乎是某个中间人截留了19000块钱，他们中间有人认为该要回来，有人不同意去要，那个中间人似乎很危险。最后他们决定那19000块钱还是跟我们要，只有我们会同意并且没有危险。

我很愤怒，也感到危险似乎越来越近。这是一些不守信用的人，他们随时会放弃承诺。但我还是决定把那19000块钱补给他们，这是最后的努力。

瘦小面孔又出现了，我告诉他我可以补上那笔钱，但条件是你们都出来，我们必须面对面谈判。

我把办公室里的人都赶出去，珞妮妈妈也不能留在里面。

一瞬间他们就全部出现了，他们并排坐在办公室墙边的椅子上。我问你们谁是头儿？他们脸上都现出诡秘的笑意，一个一个坐到我面前然后又站起来走开。我试图说服他们不要再干这种事，他们很有才华和能力，我举例他们可以上天入地，具备了超人的能力，他们可以用自己的能力做很多对自己对家庭对人类有用的事情，但现在的做法伤害了别人也给自己和家人带来罪恶和危险。

他们都不说话，其中一个胖子直接坐到我对面，他似乎就是他们的头儿。他笑了笑，是一种嘲讽的笑。

我说你现在就可以拿到补齐的钱，我要我的女儿。他站起来，扭了扭屁股，消失了。

我想和其他人说话，他们也在瞬间消失了……

珞妮妈妈《致幻蘑菇》：……我流着泪点头说相信。然后我让他坐下来，等着我，我去跟坏人谈判，不要再乱走，让他看着钱。我不想他再走来走去消耗体力。

他听话地坐着看着书包。

用黄连解毒汤加柴胡、山栀、酸枣仁，给他服下。

安抚着他，和他一起商量营救措施。

他怀疑警察里有内奸。我说营救让二哥带队，没事，二哥是自己人。他说二哥带队好。

半小时后，他慢慢平和了一些，描述的幻觉里从时刻准备战斗的状态变成看许多人在画画。

这时候已经下午五点多了。

　　我看着老头在院子里走来走去，第一次觉得特别无助，我止不住地哭。我不知道该怎么办，也不知道怎么样去救他。

　　晚饭后老头不狂躁了，烧也退下来，但还是错乱在自己的幻觉世界里。

你就是变一百次我也认得出你

我已经无法猜测和判断敲诈者的意图了，他们似乎不仅仅满足于已经得到的钱。他们每次出现的时候都只是对着我指一下然后就消失了。我上下楼巡视，进了卧室看见珞妮妈妈躺在床上睡觉。有一个敲诈者竟然躺在她的身边，他只露着一张脸，脸色是黑灰的，只有眼睛闪着蓝色的光亮。我冲上去试图扑住他，但没有成功。我大声喊妹夫：抓住他！妹夫呆立在门口一动不动。敲诈者像老鼠一样贴着地板从妹夫的脚边窜出房门，还回头指了我一下。我愤怒极了，骂妹夫你真是个废物！我这视力都看见了你怎么就看不到？他说洪大哥，真没有！

珞妮妈妈坐起来，她说你太累了，睡一会儿吧。我说我不累，我说这样不行，他们要对你也下手了！她说你睡一会儿，我们再想办法。

我开始脱衣服，但马上想到这样不行，这些人已经不是在为钱做事了，他们只是针对我。我必须要有新的措施！我说你听好了！我跟你离婚！珞妮妈妈说为什么要跟我离婚啊？我说就是要离婚！我不能说为什么要离婚，如果她知道这是避免她们母女遭受危险的必需措施，她根本不会同意。她这个人装假根本不行，会被人一眼就看出来！我说就是离婚！然后我的意识就混乱了。

（后来珞妮妈妈告诉我，我在卧室里四处翻了一阵，找出一张卫生巾，说：拿着你的身份证，我们马上去办离婚！她说她又气又笑又难过，问我你拿的是什么呀？我看了看：饼干。）

珞妮妈妈《致幻蘑菇》……我们觉得需要再次送医院。二哥、三姐他们都来帮忙。折腾到住进病房已经又是晚上十二点了，让他们回去休息，我和珞妮在医院看护。

我的判断被证实了，在医院里，他们得到了足够的行动空间，除了从透明的玻璃天花板上往我的脸上扔东西，还放肆地蹲在天花板上往我的脸上拉屎。他的屁股如此巨大，肛门就像我们常见的那种巨型排水管。我依旧睁着眼睛，我不出声。我知道说这些没有用，没有人相信我。我也不想告诉珞妮妈妈，她知道了一定会承受不了。我忍受着，只是小声恳求珞妮妈妈带我离开这里。她一直说做了检查我们就回家。我说你知道我没有病，我们还检查什么呢？她说你发烧了，如果不检查一下我不知道该给你开什么方子。

接下去我被放进一个大筒子里，我听见医生在责备我伸展胳膊的方式不对。我努力按照他说的方式伸展和收缩胳膊，但他就是不满意。妹夫说洪大哥我帮你。他就抓着我的胳膊，我被拖进筒里时他把我的胳膊弯曲，退出来时伸开。进进出出好多次那个筒子期间，敲诈者们没有出现，我趁机闭了一会儿眼睛。回到病房之后他们又给我打针，非常疼，手上都是血。我拉着珞妮妈妈的手，我不让她离开，我吃不准敲诈者会不会在我被困在病床上的时候对她下手。珞妮妈妈说你闭上眼睛睡一会儿，我和珞妮在这里陪你。

　　这似乎是我第一次见到了珞妮。也就是说他们把珞妮放了？我不相信，但我实在太想见到女儿了。我叫她到身边来，她从旁边的小床上爬到我的床上。我看着她的脸，是我的女儿。但眼神不像，珞妮的眼神始终是清澈见底的，但此刻的珞妮一副若无其事的样子。怀疑是敲诈者做了手脚，眼前的珞妮完全可能是个假的，是派来监视我的。我没有揭破，我希望自己假装看不穿可以麻痹敲诈者。在我的女儿下落不明的情况下，我再不能丢失珞妮妈妈。

　　我一直紧紧攥着她的手。

　　她的身后出现了一个敲诈者，他很快就湮没了珞妮妈妈，整个人站在我的面前！

　　我积攒了力量突然坐起来，用力打过去。他消失了，像一股看得见的风，旋转着从关闭的窗框缝隙钻出去，那股风嘻嘻嘻地笑着。

　　珞妮妈妈说老头子，是我！你打的是我！

　　我没有解释，我现在已经不想让她和我一起战斗了，她不知道最好。

　　敲诈者继续从天花板上往我的脸上扔东西，那些东西看上去越来越大越来越重，每一个落到我的脸上都可能把我砸死。但我已经有了经验，只要我看着它们，它们就会在即将落到我脸上的时候变成云雾消散。他们就是用这种方式折磨我，摧毁我的斗志。

后来，我有两三次都差一点儿抓住占据珞妮妈妈位置的敲诈者。但他们太强了，每次都能轻而易举地像一股看得见的风，旋转着从关闭的窗框缝隙钻出去，嘻嘻嘻地笑着。

我注意到珞妮的面孔有几次变成了布满黑斑点的小豹子，于是我更加确定他们没有把珞妮还给我的打算，他们只是利用自己的无所不能派了一个监视者。我依旧没有拆穿，拆穿了没有意义，我不想他们重新换一个来。

我试图逃出去，于是我要求上厕所。珞妮妈妈让妹夫陪着，我把他也拉进卫生间的单独隔断里。我跟他说这里没有窃听器，你有没有胆量和我一起行动？他看着我，呆呆地。我说你想想，我虽然已经60岁了，但对付两个人没有问题。你当过兵，还年轻，对付一两个也该行吧？他说我问问大姐吧，她说她有更好的办法。我真想骂他几句，但忍住了。我不能再让他站在对立面，那就更没机会了。因为我感觉珞妮妈妈似乎已经被医生说服了，她要让我一直待在医院里。只要待在医院里，我就不仅找不到珞妮，也没可能保护她。只有离开医院回到家里，我们才有机会。无论如何，家里的环境我们是熟悉的。

我认为我又成功地破坏了几次敲诈者伤害珞妮妈妈的行动，但我也感觉自己随时都可能丧失意识。我感觉我不仅仅是浑身乏力，而且眼睛越来越看不清东西。他们从天花板上扔下来的东西我都看不清了，睁着眼睛无非是告诉他们我不怕他们，他们无法摧毁我。

最糟糕的是珞妮妈妈的脸也时不时变成豹子的脸，也会变成黑黑的长满胡须的脸。我认为这是那个监视者在珞妮妈妈睡觉时做成的，目的是告诉我已经没有任何机会了，珞妮妈妈已经和他们站在一起了。我不会相信，这太愚蠢了。我只是提醒珞妮妈妈快去洗脸，洗掉那些东西。珞妮妈妈说我看不见啊。我突然为此感到了些许安慰：她看不见最好了，如果她看见了并且跟医生说了，她也会被控制在床上，我们真的就完了！

转机出现了：她说县委书记已经派人把那些坏人都抓了起来。

珞妮妈妈说我们可以回家了。

这时候我再没有力气了，不知道是谁把我抱到车上的。

这时候我看见后排座位上那个监视我们的假珞妮坐在珞妮妈妈身边，我不知哪里来的力气，跳下车拉开后门，抓住她的胳膊就往外拖：你还敢在这里？你就是变一百次我也认得出你！

　　珞妮妈妈《致幻蘑菇》……输液开始，是大剂量的葡萄糖和盐水，半小时后老头又开始出现狂躁。我只能死死固定着他的手，陪他说话，安抚他，解除他一个一个幻想出来的危险、迫害。

　　他紧紧握着我的手，不敢松开。其间不停把我当坏人跳起来摁住我，我就大声责问：老头，你看看清楚，我是你老婆！听出声音后他会松开我，再次握着我的手，说：你现在怎么是一张豹子脸？我说：这是你的幻觉，你一定要以声音来判断我，声音很难模仿的。引导他进入这唯一的取得信任的"圈套",不然他将进入寻找我和珞妮的世界更加狂躁。他说:是,每个人都有自己的音色,模仿不了。

输液前因为黄连解毒汤,老头拉了稀便。输液后老头的狂躁无法控制,后来医生用了安定他才睡着,而手脚却在不停地挣扎反抗。

13日早上八点多输完所有的液体,老头小便两次,嘴唇再次干裂、舌苔起很多毛刺。手心发烫,却不发烧。这是很严重的内热。而昨天,还没这么热。我想治疗一定是哪里有问题。

不一会儿精神科的主任过来会诊。

他们建议继续输液,适量用安定。

我决定带老头回家。

回家时,老头把已经上车的珞妮拖下来,说这是个坏人,是阴谋设计骗我们的。我紧紧抱着珞妮,防止他撕扯中把珞妮弄伤,再次大声呵斥老头:看清楚!是珞妮!是我们!不要伤害她!

他将信将疑地松开。我把珞妮弄到副驾驶座,我坐后边紧紧握着他的手安抚他,坏人已经被抓了。他说要找县委书记,他说这是个庞大的犯罪团伙,会伤及更多的人,这些坏人要消灭这个村子。

我说书记已经知道了,并且已经派警察抓起来所有的坏人,放心,我们回家。家里现在会有很多人(其实就是员工和几位群友),我怕他幻觉里的许多人加上这些真实存在的人让他再次狂躁，就说都是二哥派来的便衣警察，保护我们的。如果有不认识的许多人，你不要跟他们说话，他们在执行任务。老头说：小声一点儿，不要让坏人听到。

回到家，群友们都来充当便衣警察陪老头说话，老头感觉都是自己人，放下心来，刘宁和胡磊还有梁方钰一直陪他说各种各样金融、文学、艺术等话题，成功把老头引入平和幻觉。

后来，珞妮妈妈告诉我，三天，我只睡了15分钟，睡的时候还不停地动。她睡了不到45分钟。她本来想睡3个小时，但我冲进卧室抓人之后她就不能睡了。她看了一下时间，不到45分钟。

我轻轻捏了两下她的手，什么都没说。

那不是愉快的回忆

珞妮妈妈《致幻蘑菇》：……我用大剂量的黄连加酸枣仁和人参，解毒泻火，用柴胡疏肝加地黄汤加减疏肝滋阴。

给他服用大量的西瓜和蜂蜜水利尿。

老头渐渐平静，并且大小便排出顺畅。但依然在幻觉里，只是平静了许多。

……

手心不烫了，舌苔的毛刺下去了。喝粥后兴致勃勃听着大家跟他说他这两天的各种诡异动作，并时不时插话：这个细节我想得起来，然后回忆出他当时是怎么想的……

我听着他们说话，松弛下来，才发现全身酸疼没一点儿力气。

又给老头服用了药后，带着他和珞妮上楼。给珞妮洗完澡，用热水给老头冲脚15分钟，这会有利于他的睡眠。上床后，老头又看了一会儿微信。我说少看一会儿，睡觉。

他看了十多分钟，放下手机，不一会儿进入平和的睡眠状态。珞妮也睡着了，我等了一会儿，也睡了。

老头醒了，自己去了卫生间，说看不见那些幻觉里的东西了……偶尔还能看见一点儿模糊不清的幻想出来的字，但可以迅速清除幻觉。

珞妮也醒了，问：爸爸，你现在信我和妈妈了吗？你之前是幻觉，并没有坏人。

老头说：那是幻视。

珞妮说：幻觉和幻视不是一样的吗？

老头说：就像小姑娘和小女孩儿这两个词。

我用了两天的时间来确认自己是否已经完全正常。除了疲惫感，更主要的是即时记忆的能力下降得厉害：刚刚想到的事情转身就忘记了。于是我决定要在最短的时间里记录下这个事件。

看着珞妮妈妈记录的文字，我可以清晰地对应出我当时的所思所想。珞妮妈妈说你不能写，你现在的身体状况不适合劳累更不适合用脑。我说我不会让自己太累，但简略记述下来是必需的。就如同梦境，能记录下来的人很少。我担心随着时间推移，我会把一切都忘了。

她同意了。

我之所以要把这个过程记录下来，并非是要给人讲一个恐怖悬疑故事。我一丝一毫都不愿意回忆这个过程，那不是愉快的回忆。每一个细节回想起来都让人痛不堪言，有时候甚至会产生新的恐惧和愤怒，还有无助、绝望。

记录这些，我的目的有三个：

一、我认为对他人是有用的。我要让人们注意中国医学界在判断和治疗食物中毒致幻者的过程中一直存在致命的错误，这些错误会导致原本可以康复的患者被治疗成真正的精神病。遗憾的是相关的讨论文字在网上不知何故都被删除了，我们只可以在和毒品有关的简介中找到一些碎片，要把这些碎片粘连起来之后才可以证实我的这个结论。

在这些日子里，每每回想起两次住进医院前后的感受就后怕得浑身发冷。按照珞妮妈妈的记录，我每次被输液后就开始变得狂躁，她当时还不能确定原因，完全是凭直觉做出的判断：不能再继续治疗了，因为精神科已经做出了诊断，脑电波显示我已经是一个精神病患者。他们坚持要把我转入精神病院，并且提醒珞妮妈妈我已经呈现出很明显的暴力倾向，已经可能对社会造成危害。珞妮妈妈答应转院，然后她带人把我塞进汽车直接拉回了家。出院手续是她妹妹在我到家后才去办理的，亲戚朋友们虽然不赞同珞妮妈妈的做法，但已经不好改变我已经回家的事实。

珞妮妈妈是在我开始逐渐恢复平静之后才有时间和精力想到可能是输液中的成分有问题。

　　珞妮妈妈《致幻蘑菇》：……我看网上许多人有过这样的中毒。我写这个过程，是希望对以后的人有用：对致幻类患者的治疗，不能用葡萄糖。我也查到了依据，如果致幻剂里加葡萄糖，会加强致幻剂的功效。若用葡萄糖输液解毒，其实是加重患者体内的毒

性。希望会有更多人不要再走弯路，甚至有可能导致
更严重结果。

　　现在的这份记录只是粗略的，我会在身体和大脑完全修复
之后重新表述。所有细节会比现在的描述更真切更细致，我希
望能够在一个混乱和荒诞的世界中清理出一条与现实逻辑吻合
的道路，给未来的患者提供出获得救助的可能。如果更好，那
就是相关的医疗机构能重新研究中毒致幻患者的生理和心理状
况，不是按照一般性临床归纳出的依据去诊断和救治。对以科
学名义做出的结论无条件依赖本身就是不科学的，是反科学的
和可怕的。

　　我自己的经历刻骨铭心，也就是说如果珞妮妈妈当时听从
了医生和亲友的劝说同意把我送进精神病院，现在的我就已经
成为大家所熟悉的那种精神病患者。我清楚地知道我的无助绝
望，我所有的暴力倾向甚至暴力行为都是为了逃脱那张病床。
恢复正常后我想到过这样的情形：我进了精神病院，因为我一
定要反抗，一定要告诉他们我没有疯，于是我一定会被穿上束
身衣，被注射大剂量镇静剂，然后一天一天被镇静成一个失去
正常思维和意识的人。对医院来说，这是在治疗。对我来说，
却是保留下肉体的精神杀害。从此，人间多了一个行尸走肉，
珞妮失去了一个爱她的父亲，珞妮妈妈失去了一个爱她的丈
夫，一个家庭由此完全破碎……

　　二、对参与救助者的选择要十分慎重。要遴选情商很高
的人参与，或者说一定要选择善于倾听的人，不要选择总是忍

不住表现自己的人；要选择表情和肢体都相对安静的人，不要选择表情过于丰富和肢体活跃的人；要选择具备代入感能力的人，他们具备更多的同情心和帮助他人的愿望……我个人在这次经历中能深切地感受到每个参与者的不同表现给当时的我内心造成的不同凡响和冲击，有的人让我感受到了希望，有的人则让我加剧了担忧和焦虑。而这些人在那个荒诞世界中的言行方式和他们在日常生活中的言行方式几乎是一致的，给人带来的感受也是一致的。唯一的不同是在那个荒诞世界中他们分别代表了善、恶，希望、绝望，安慰、激怒，清晰、混沌……

三、我要找到最好的办法解决这几天的变故对珞妮产生的心理影响。童年的经验记忆决定人的一生，如果不能有效消除珞妮的负面记忆，我不敢想象她的一生会受到什么样的影响。珞妮妈妈理解为修复父女关系，我说不是这样的，你千万不要按照这个思路去做。这不是修复父女关系，而是想办法让她能理解发生的事情和父女关系无关。珞妮妈妈和我都共同回忆出我踢了珞妮一次，还有一次扯着她的胳膊把她从车上拖下来。这是解决问题的关键细节，如何让她能理解这一切并不那么容易。我之所以这么想，就是珞妮一直在回避说这些事。这意味着她一直记着，但她搁在心里不说出来，这才是我最担忧的。我告诉珞妮妈妈不要强迫她跟爸爸亲近，不要着急，我们等候她的行为上的细微变化，我会找到机会也能找到机会帮助她走出这些可怕的记忆。

为了免除珞妮粉的担忧，庄主可以告诉大家，进程比我预料得要快和有效。你们如果愿意，可以在未来的几天里看到这个过程。现在庄主身体还没有完全恢复，写得稍多一点儿就开始错字连篇，而且校对的能力会迅速下降。

大哥，求你把车还给我

14日休息了一天之后，我感觉体力恢复了不少，于是认为该有所行动了。

我问珞妮想不想去小村子？她问去小村子干什么？我说去散步啊，我们很久没有去散步了。她犹豫着。她妈妈说你是想跟爸爸去小卖店吧？她没有回应，低着头清理人参上的泥土。她妈妈说你问问爸爸带没带钱。她依旧没有抬头。我说爸爸带了钱，我们可以看看有什么东西可以买的。她站起来：爸爸，我去洗手。洗完手回来，她说骑自行车去吧。我说好。她说圣诞老人送给我的那一辆不知道什么时候就坏了。我就陪着她到三楼，但三辆自行车车胎都没有气儿了。她说没办法了，我们没有打气筒。我说是的，要想着买个打气筒。下楼之后她又拉出了那辆早就没有电的儿童摩托车：爸爸，可以拉着走。我很挠头，我身体还没力气，但我还是决定同意。

这时候她妈妈说不要骑摩托了，拉车走你和爸爸都累。

珞妮不再坚持，她找了一个小塑料筐拎着。

一路上我们开始聊天，我没有主动说起爸爸生病的事情，她也没说。她一直很关照我，后面来车了，前面来车了，拉着我站在路边等着车辆过去。过横道的时候她说爸爸我看左面，你看右面。这些是我以往告诉她的，她记住了。

到了小卖店她选了三样东西，2元5角钱。她说不买了，我不想买很多东西。我又给她选了一个棒棒糖，说凑个整数。她说可以不买的，我不想一次买很多。

出了小卖店我们又看见了小村里的那个女疯子。

珞妮说爸爸，她为什么要穿小孩儿的衣服呢？

我说她已经不知道什么是好的和不好的了，爸爸如果这次继续在医院住下去，就会和她一样。

她说如果不去医院你是不是就不会那么严重？

我说是的，因为用药出了问题，爸爸差一点儿就被送进精神病院了。

她说你看到的那些东西是没有的是吗？

我说是的，是爸爸幻想出来的，我认为他们存在，其实并不存在。

爸爸，你看我的时候我是什么样子的？

你像一只小豹子，满脸胡须，龇着两颗尖利的牙齿。

我并不是那个样子的是吗？是你的幻觉是吗？

是的，我的女儿怎么会是那个样子呢？那是因为我认为是有人把你抢走了，然后假扮了一个珞妮，我就去打她抓住她。幸好爸爸对距离的判断不准确，否则你可能受重伤，甚至可能被爸爸打死。

你打妈妈的时候她是什么样子的？

她一会儿像一只豹子，一会儿满脸漆黑，我认为那是坏人装成了你妈妈，就去打他。

珞妮突然转移了话题，小梁叔叔也生了病，他抱着拳转着圈说：大哥，求你把车还给我。她笑起来：他把保安吓坏了。

我说她比爸爸的症状轻，还没有攻击别人，还只是害怕。这和一个人平时的性格和胆量有关。爸爸只是想把你从坏人那里救出来，什么都不怕。

她一直拉着我的手。

回到家，我带着她看望了一下藏獒和孔雀，又荡了一会儿秋千。我注意到她不是很兴奋，只有躲在车后吓唬我的时候笑了。

我心里清楚，珞妮在处处讨好我，她还是不能确定爸爸是不是还喜欢她。她还有很多疑问，但她不知道怎么说。

我没有进一步聊这方面的事，我需要耐心地等候她。这种等候是必要的：每一次她说起这件事，就意味着她的确认深入一步，我也有机会做出她能理解并逐渐认同的解释。当她能直接问爸爸打她的事情，就意味着见到了曙光。

我心里很暖，也很难受

15日的晚上帮她洗了澡，她说爸爸我可以一边洗澡一边唱歌吗？我说可以，只要别呛了水。她就唱《蜗牛和黄鹂鸟》，然后又唱了《捉泥鳅》。我不会歌词，跟着她一起哼曲子。我没有利用这个机会跟她谈爸爸生病并且打她的事，她也没有谈。

上床后她说不要关灯，我睡得着。我说好，那就不关灯。她背对着我躺着，我说你不用担心，爸爸已经好了。她说我没有担心，我只是想等妈妈上来一起睡觉。我说好，我们一起等着她。

后来她睡着了，她妈妈上来后问怎么样？我说哪能那么快，珞妮是内向又敏感类性格，这件事她要消化很久，我们要做的只是缩短这个时间。时间越久，记忆越深，对她的成长就越不利。

珞妮妈妈说估计不会那么严重，她还小。

我说不小了，她不仅记得住，还可能想象和扩展它，朝什么方向去，我们无法知道。

16日上午，我下楼去给珞妮拍照片。我预感她未必欢迎，果然她并不想让我拍照。她说等我玩儿完了再拍吧。我说好。

下午，我问珞妮是不是还想去小村子？她说我们可以不去小村子，马武小学那里就有小卖店。我说行，我们就去马武小学。到了小卖店门口，她说爸爸我对这里不熟悉，我不想买了。我说你不需要熟悉小卖店，任何一家小卖店你都可以进去。她还是犹豫。我说你想想，这些小卖店卖的东西都不一样，如果你只去一家，就会错过很多你喜欢的东西。她同意了，进了一家小卖店，挑了很久，挑了三个小玩具：二娘说她会玩儿这个玩具，可以教我。我不想买很多了。

回到家她就去玩儿玩具了，我偷偷拍了几张照片。

晚上8点多的时候我下楼喊她上楼洗澡睡觉，她跟着上楼，走了两级台阶停下来：爸爸，背。

我说好。我背着她一路上楼，她把下巴放在我的肩上，一句话没说。我有点激动，这是一个积极的迹象：她在撒娇也是在确认，因为她已经很久不让我背着她上楼了。其实我的气力还不是很够，但我一直把她背进卧室放到床上。说你抓紧时间脱衣服，爸爸去放热水。我返回卧室的时候看见她还躺在床边，我问怎么还不脱衣服？她说我的衣服后边有个扣子解不开。我说这样啊，爸爸帮你解。

洗澡的时候她说爸爸我可以唱歌吗？我说可以，别呛水就行。她又唱了《蜗牛和黄鹂鸟》《捉泥鳅》。我不会歌词，陪着她哼曲子。

躺下之后，她突然说：爸爸，你生病的那几天都看到了什么呢？

我说爸爸没有被注射葡萄糖的时候，看见的就是一些不停地飘游的字和各种图案。

注射了葡萄糖之后看到的就是妈妈变成了豹子吗?

不是，它造成了爸爸中毒加深，于是产生妄想，先是认为有人要把你抢走，然后认为妈妈也被坏人控制了。

你是一直想把我救出来是吗?

我说是的，但是爸爸认为他们把你藏了起来。他们想要爸爸给他们钱换你回来，爸爸把钱给他们了，但他们并没有把你还给爸爸。

你认为我是假的珞妮?

是的，我看见的你不是我的珞妮，而是他们派来的卧底。

什么是卧底?

就是坏人派到爸爸身边伪装成你，监视我。

为什么要监视你?

他们监视我就可以知道我想什么和想做什么，然后采取针对性的措施。

然后你就打了她，但那真的是我。

是的，真是你，但爸爸认为不是，是那个被派来的卧底。

爸爸呢? 你把妈妈的眼镜都打坏了。

这个爸爸一点儿记忆都没有，是听你和你妈妈告诉我的。

你把妈妈的眼镜打坏了，妈妈说老头你打错了! 你看清楚! 是我!

然后呢?

然后你就不打了。

爸爸记得你当时好像也在医院。

是的。

爸爸在医院打你没有？

没有，你瞪着我看，说：珞妮你还不躲开，那东西都流到你身上了。

你躲开了吗？

没有躲，因为墙壁上什么都没有。

这就是正常人和患者的区别：我看到的只是我想象出来的，其实它并不存在。

你去医院的厕所，跟妈妈说：你看这个春天，多美好啊。

是吗？爸爸也记不得了，还说过什么？

你还指着头上的天花板说：你们为什么还不走？

这句话说明爸爸幻觉中又看见了那些坏人。

爸爸，你是不是很害怕？

爸爸不害怕！从一开始爸爸就没有害怕，爸爸只是着急并且愤怒，因为爸爸认为他们把你给抢走了。我只想着怎么做才能把你找回来，顾不上害怕。

爸爸，你要是不去医院是不是就不会这样？

是的，那样爸爸就不会紧张和焦虑，毒素自己慢慢清除了、消失了，人就会好了。

因为给你打针，中毒加重了，是吗爸爸？

是的，这才真的可怕。爸爸就再不是现在这个爸爸了，是个见谁打谁的疯子。

爸爸我不想盖被子睡，很热。

热就不盖，只把肚子盖上点就行了。

为什么只盖肚子就行了？

盖上肚子就不会受凉，你长大之后就不会生病。

爸爸，你可以摸着我的一只脚。我要是热了，你可以摸另一只。

我说好。

她把一只小脚丫伸过来，我虚握在手里。

她睡了。

我心里很暖，也很难受，不知道自己是不是该多说一些。但我认为没有这个必要，现在这个效果不正是我渴望得到的吗？

感谢你和你妈妈

17号的早晨我起床后照旧来到书房，珞妮进来的时候我没有发现。她说爸爸我们去散步吧。我说太早了点儿，我们不是要到下午才去吗？她说我们可以到园子里看看藏獒和孔雀。我说好。然后我指指自己的脸，又指了一下她的脸。她点点头：爸爸，我洗过了，还擦了玫瑰膏。

我们出门到了天桥上，珞妮妈妈也出现在天桥的另一端。

我说珞妮你还记得我们曾经在天桥上躺着看天吗？

她说记得，那是我小时候，我和爸爸躺在天桥上，看天上的云。

我说我以为你不记得了。

她说爸爸我们现在就躺在这里吧。

我说你摸摸地面，还很凉，这要等到傍晚，被太阳晒了一天的地面才热乎，躺在上面不会生病。

她说那我们找一样颜色的石块，走石块迷宫。

我说也可以叫地砖迷宫，或者叫天桥迷宫。

她说叫天桥迷宫吧，这个名字好听。

然后我们就寻找颜色接近的地砖走或者跳，从门前一直到天桥尽头，再从尽头回来。我很快就出了一身汗，就建议歇息一下。

爸爸，我不累。

爸爸有点累了，爸爸的身体还没有休整好呢。

你如果不住院就不会这样是吧，爸爸?

是的。

那为什么一定要住院呢? 可以在家里治疗啊，妈妈是神医。

妈妈当时被吓坏了，失去了自信和判断力，就接受了劝告把爸爸送进了医院。后来妈妈发现不对劲，每次爸爸输液之后都很狂躁，于是她就把爸爸拉回家里来了。

中午，珞妮帮着姐姐们打鸡蛋蒸鸡蛋羹。

下午，我们又去了小村子，买了几个小玩具。每次都只花了三五块钱，她就再不买了。

晚上，她站在楼梯口等着我: 爸爸，背。

我背着她上楼，不是到卧室门口就放下，而是背着她让她逐个开灯，然后把她放在床上。

她告诉我她的裙子后面有扣子，我给她解开。

洗澡的时候她说爸爸你冲水之前要等我堵住鼻子。

我说不用堵鼻子，你学着屏住呼吸。

爸爸，你知道我为什么会突然转开脸吗?

一定是开始呼吸了，怕呛水。

是的，我觉得我憋气的时间很短。

其实也不短，是我们配合得不太好。我说准备，你就屏住呼吸，我就冲水，你憋不住了就转脸。这样就不会呛水，习惯了之后你也就不怕了。

我小时候很怕，现在已经不太怕了。

是的，随着你一天天长大，不怕的东西会越来越多。

那是为什么？

是因为你见过的、自己经历过的越来越多了。

爸爸，我就是想知道我怎么会是一只小豹子，还龇着两颗牙齿？

你不是小豹子，也没有龇牙。中毒的爸爸产生了幻觉，认为那不是你，是坏人装扮成的你。

爸爸，你说：你在那里拉什么？那不是拉的！是推的！然后你就踢了我一脚。

爸爸记不得这个细节，是你妈妈和你告诉我的。爸爸记得很多很多细节，为什么单单记不住这些呢？是因为爸爸心里从来不会想踢自己的女儿，所以记忆中就不存在这个场面，留下的都是和坏人斗争、打坏人的记忆。

你踢在了我的肚子上。

很疼吗？

不太疼，我靠着墙站着的。

那更危险！如果爸爸判断距离和正常人一样，你靠墙站着，被踢上之后就危险了。

我躲了一下，第二次没踢到我。

这太好了，你要是不躲，就危险了。后来呢？

后来妈妈就把你拉开了。

你当时很害怕吗？

有一点点，我很奇怪你这是怎么了，我也没做什么啊。

是的，你不可能做什么让爸爸生气的事情。是爸爸中毒后产生了幻觉，不仅是你，还有你妈妈，也被爸爸认定是想象中的那些坏人化装的。爸爸现在要跟你说的就是感谢你和你妈妈，你们非常勇敢非常坚强，非常有爱心。爸爸清醒过来之后很难过，但爸爸不觉得就该跟你和妈妈道歉，爸爸不能因为这些自己不能决定的行为跟你们道歉。爸爸所有的难过是因为你们在这个过程中受到了伤害，但这都不是出于爸爸的本意。

本意是什么意思？

就是发自内心的，一开始就决定下来的想法和做法。

我还是听不太懂，但你可以不解释继续说，爸爸。

爸爸是很想说的，但没有更多要说的。因为爸爸能回忆起来的事情比你和你妈妈少，爸爸一直想听你们讲给爸爸听。

她看着的天花板：爸爸，你看到了吗？天花板那里掉了一些涂料，那里就变得很难看。

是的，我们哪天找人来把涂料补上。这盏灯也没有原来的莲花灯好看，是吧？

是的，这个灯很刺眼，没有莲花灯那样美。

现在睡觉吧，我们今天聊得有点儿多，时间很晚了。

好吧，我们明天还玩儿天桥迷宫。

好。

我就是想知道你是怎么想的

你该洗头了。

爸爸，我觉得我的头发还可以。

你大概忘记了，从爸爸生病到现在，你有一个星期没洗头了。

噢，我们都很忙，没有时间。

现在有时间了，必须要洗头了。你的头闻上去是酸的，藏獒的味儿。

好吧，先洗澡，最后洗头。

这不是问题，你自己决定。

爸爸，洗头的时候我可以说话吗？

只要水不流进嘴巴里，就应该可以。

爸爸，冲水的时候你提醒我，要不我就跑了。

好。我说准备，你就调整好呼吸，憋不住气了，你就跑。

爸爸，把头发擦一下吧。

好，现在我们把头发吹干，否则会感冒。

爸爸，吹好了吗？太干了会很难受。

好了，现在擦玫瑰膏。

爸爸，你摸摸，我脖子上的湿疹已经没有了。

还有几个，但已经不影响市容了。

什么是市容?

就是一个城市展示给人们的样子。转用到人的身上，就是一个人展示给别人的样子。

爸爸，我感觉湿疹已经看不见了，我的市容很好。

每天坚持擦玫瑰膏，好市容就能保持下去。

爸爸，但你的脸上为什么油乎乎的?

嗯嗯……爸爸是油性皮肤。

但是你好像没洗脸，这是不是市容不好?

这个……爸爸的市容的确有些问题，我努力争取弄好一点儿，但你现在该闭上眼睛睡觉了。

爸爸，我还想说一件事。

说吧。

你还记得你把我从车上拉下来吗?

我本来是记不得有这件事，是你妈妈和你告诉我的。

你当时为什么那样做呢?

这个爸爸跟你说过几次了，爸爸把你看成是那些坏人的卧底，最后时刻一定要把你揪出来。爸爸不记得当时说了什么，你记得吗?

你说你怎么还敢在这里骗我? 你变一百次我也认得你!

你害怕吗? 伤心吗?

有点儿害怕也有点儿伤心。

现在呢?

现在我就是想知道当时你是怎么想的。

知道了吗?

知道了。

但你不一定知道爸爸为什么不记得这件事了。

是的，你每次说这件事的时候好像都不太一样。

你的感觉是对的。爸爸之所以不能把这件事说得很准确，是因为爸爸根本就不记得发生过这件事。爸爸之所以记不得这件事，是因为爸爸无论在清醒的时候还是在生病的时候都不会伤害你和你的妈妈，我做的都是针对坏人的。所以在爸爸的记忆里就没存在过曾经拉扯过你和踢你的事，也没存在打过你妈妈的事。如果不是你和你妈妈告诉我，我就根本不知道这些事情发生过。

你是幻觉，才把我当成了坏人的卧底。

是的，越是担心你，幻觉就越厉害。

嘻嘻嘻……爸爸，小梁叔叔跑进了传达室，他跟门卫说：大哥求你救救我，到处是鬼啊。门卫四处看啊看，问你是谁呀？小梁叔叔说你快救救我，你看外面站满了人，快把门锁上！他把门卫吓坏了，把他看成鬼了。哈哈哈……姨爹去他家的时候，他蒙在被子里边发抖。姨爹叫他，他跳起来抱住姨爹，你可来了，你怎么才来呀？姨爹说打你的电话打不通，我过来接你去山庄喝绿豆汤。小梁叔叔说好好好，去哪里都行，我们快点儿走！我们快点儿离开这里！

哈哈哈……他幻觉中一定是有很多很多人围着他。

是的爸爸，他和你一样。

他和爸爸中毒是一样的，但他没有去医院，吃了你妈妈给他的药，反而比爸爸先好了。

你去医院，反倒加重了，他们给你注射了葡萄糖。

是的，但他们不是故意的，是因为他们没有搞清中毒的性质不同，应该用不同的治疗方法。

还是妈妈把你治好了。

是的，你妈妈因为着急和害怕，曾经失去过一段时间的自信，但她最后关头找回来了。

你看到妈妈的样子为什么会是豹子呢？

珞妮。

爸爸。

你不要为了不睡觉说起来没完，现在开始睡觉。

好吧，那我们就明天早晨起床后接着谈吧。

行，现在闭上眼睛。

爸爸，我摸着你睡。

可以，但不要抠我。

好，我不抠你。

这天中午，珞妮说我们要到天桥上躺着，现在地面已经很热了。

她从客厅里抱出几个大抱枕：我们可以躺在这上面。

隆龙说可以躺在气垫上，这样就不会凉了。

于是，我和珞妮就躺在充气垫子上。她抱着小狗躺上去身体就被埋进去了，她爬到我这边的气垫上。我说可以看看天空和白云。她说太阳刺眼，我还是不看了。

我是不太会哭的人

每天早上珞妮都是第一个醒来，她都要拉开窗帘。光亮会把我唤醒，然后她就着急下楼。19号也是这样，不同的是她要求我躺一会儿跟她聊天。东拉西扯地聊了一会儿，我说你起床洗脸刷牙，爸爸到书房把这几天发生的事写下来。她自己收拾利索就来书房找我，说去看看藏獒和孔雀。我们一起进了园子，她说她小时候住在二楼。我说我们没有住过二楼啊。她说住过，早晨的时候珞珞还有妮妮就进来找我，我躲在被子里，突然露出头来，把珞珞和妮妮吓一大跳。

她呵呵地笑起来。

我说爸爸想起来了，我们的确在二楼住过一段时间。你的藏獒有一只叫妮妮，它生病死了，后来就有了这只雅鲁。

为什么叫雅鲁不叫妮妮了？

本来是一只公藏獒一只母藏獒，打算给你带大它们。但母藏獒叫妮妮，它生病死了。再送来的却是一只公的，就叫它雅鲁了。

这一天珞妮隔一会儿就会上楼来一趟，这次说衣服脏了，爸爸帮换衣服；再进来时说妈妈不见了，办公室和仓库都没有见到；又一次进来是因为渴了，杯子找不到了……

晚上，我们躺在床上。她说爸爸我们能聊聊天吗？

虽然时间已经21点多了，但我还是同意了。

我问聊什么。

她说爸爸你说吧。

还是你先说吧。

爸爸，我就是在想，我为什么会像一只小豹子呢？还有两颗尖利的牙齿。

那是因为爸爸的幻觉啦，其实你始终是你现在的样子，珞妮虽然不是那种漂亮的女孩，但气质天然纯净，不会装腔作势也不会忸怩作态。

什么是装腔作势和忸怩作态？

这解释起来很麻烦，解释的内容依旧存在很多什么是这个什么是那个。

那就不要解释，你接着说。

我们家这次经历的事情对你、对妈妈、对爸爸，都是没有丝毫精神准备的。一切都是猝不及防就发生了，也就是在没有任何防备的情况下就发生了。你年龄小，对这个突然的变故是无法理解的。大人其实也无法解释，医生也无法解释，否则怎么会造成爸爸病情加重呢？你想的是爸爸这是怎么了，我也没做什么错事啊，为什么会踢我把我从车上拉下来呢？

是的爸爸，还有，那天早晨你让我不停地洗脸，说我脸上这里有脏东西，那里有脏东西。后来妈妈把我拉过去，我就躲进妈妈的衣服里。

你害怕和委屈是吗？

是的，我哭了。因为我照了镜子，我的脸一点儿都不脏。

爸爸回忆一下哈，那是爸爸刚刚发病的阶段。那个阶段还没有想象中的坏人，爸爸只是看见到处都是飘浮的字和看不太清的人群在房间里一会儿出现一会儿消失。我看到的所有人都很脏，不光是你。

爸爸，你是住院之后才开始变得让我害怕的。

那你还是去了医院。

是的，我和妈妈要在医院陪着你，我睡在一张很小的铁床上。

自从住进医院，爸爸的情况就越来越糟了。

你把妈妈的眼镜都打坏了，就是在医院里。

是打掉了吧？

不是的爸爸，是打坏了，眼镜片都碎了。

爸爸以为仅仅是打掉了。你现在知道爸爸为什么会那样了吧？

是你的幻觉，你认为我和妈妈都是那些坏人装扮的。

这都是因为爸爸太担心你和你妈妈的安全了，我不能让坏人把你抢走。爸爸不相信那是你，认为你是坏人们派来假装成的你。你妈妈每次阻止我起来，我也认为是坏人装扮成的你妈妈，于是我就去打了。

爸爸。

嗯？

你说的这些我还是不太明白的，但是你可以不解释，这样聊聊就行。

嗯嗯，你会慢慢自己搞清楚的。你是不是怀疑爸爸不喜欢你，不爱你了？

爸爸，现在不是了。

嗯嗯，这是不需要怀疑的，就像爸爸从来不怀疑你和你妈妈都爱爸爸一样。尽管妈妈和爸爸也会吵架，爸爸还因为你自己跑出我们的院子打过你，但这都不能改变爸爸爱你、爱你妈妈的事实。

爸爸，很多事情我不记得了，妈妈打我我也不恨她。就是她不听我说话，我还没说她就打了。

这就是大人孩子之间不太容易解决的问题。爸爸一直认为培养女孩最好是严格的母亲、温和的父亲，可能是妈妈把严格理解成了严厉，她担心你成为一个什么事情都做不了的废人。没办法，人从小长到大，不可能什么事情都是满意的和完美的。知道这个，就用不着心烦。其实妈妈现在比以前对你温和多了，几乎不打了。

是的，她有时候也能早一点儿上楼和我一起睡觉了。

其实妈妈是很尽力的，但要做到十全十美是不可能的。你也在一天天长大，也要开始学着去理解爸爸和妈妈。如果单方面跟爸爸和妈妈要爱，这是自私的。

我会帮妈妈干活。

是的，这就是你在长大。

我长大了会干更多的活。

这倒不必，爸爸并不是要你成为一个挖地的农民。你学认字，跟妈妈学中医就行了。

好。

睡吧，爸爸困了。

爸爸，我们明天早晨再聊吧。

明天早晨再聊。

她很快就睡了。

我其实不困，我感觉自己的胸口有点堵。

我似乎想了很多也很乱，也似乎什么都没有想。就是感觉心里边有无法清除的东西堵着：伤感？欣慰？庆幸？对未来的茫然？对现实的忧虑？都是又都不是……我借着手机的光亮看看珞妮，她侧身躺着，除了背心裤衩，被子根本不盖。我注意到她瘦了一些，我已经不敢想象这些日子她的小心脏经历了什么。

她已经睡熟了，一动不动。

我知道她现在一定比前几天安心多了。

我摘下眼镜，用手指抹掉脸上的一点儿水。

我是不太会哭的人，冒出几滴水，就算是哭了。

中毒致幻后的第 13 天

这是庄主 5 月 11 日中毒致幻后的第 13 天。

我在 13 日晚上开始回到人们通常说的那种正常状态。

应该说，心理和精神上的自我修复比较快。我有过自己治愈幽闭恐惧症和抑郁症的经历，中毒致幻造成的这点麻烦对我来说根本就算不上问题。当然我也知道精神和心理造成的伤害比身体伤害更可怕更持久，处理不好，人的一生将在关键时刻受制于这些创伤。

如果珞妮的年龄大一点儿，理解事物的能力就会强一点儿，好办；如果年龄再小一点儿，记不清，好办。珞妮恰好处在不大不小的年龄阶段，这就比较麻烦。前十章《寻找丢失的时间》，次序地记录了我这个爸爸是如何对待和解说珞妮的。之所以中间搁置了 5 月 20 日、21 日、22 日和 23 日，是因为这几天的内容大致和 5 月 19 日相近。虽然我已经认为珞妮的心理阴影差不多已经逐渐消除，但还是感觉这中间缺少一种自然和自如的内容，这就意味着她还没有完全摆脱那些日子给她带去的疑虑、恐惧和被伤害感。

我依旧没有刻意推进这个进程，依旧是等待。当然，不是消极的等待，我装作很随意、无意地带着她回忆她能回忆起的往事，那都是我们父女间非常快乐和有趣的往事。她也积极地响应了那些往事，并且要求爸爸和她一起回忆那些往事。

头两天，珞妮拼命地讨好爸爸，努力地让爸爸看到她是多么懂事。

接下来是撒娇，比如上下楼要背，比如洗完澡一定要抱她进卧室。

昨天，她开始自己跑下楼去玩了，也不上楼跟我们一起吃饭了。

这才是正常的珞妮。我知道丢失的时间差不多已经回来了，只是还缺少一点确认，那就是：不是她说什么，而是她怎么说。从前天起，我就再没有跟她说起过那些事情，依旧是等她自己说。

直到今天，5月24日，这个最漫长的一天——

珞妮突然指着浴室门口的一双鞋子：爸爸，这是妈妈的鞋子。你知道吗？妈妈给我也买了一双同样的鞋，还给×××也买了这样的鞋。我跟妈妈说你不是别人的妈妈。我妈妈说你的意思是我不能给别的孩子买鞋子。我说是的。

然后呢？妈妈是怎么说的？

妈妈说你不是嫌弃鞋子太高吗？

爸爸听你妈妈说你不喜欢这双鞋，是因为看到把鞋子给了×××你才又想要这双鞋的。

我没有说不喜欢，是妈妈记错了，我只是说穿裤子不适合穿这种凉鞋。

是这样的啊。

是这样的。爸爸，你生病的时候说过妈妈忙得丧失记忆了。

等一下，爸爸重复说一下你的意思：你并不是不喜欢这双鞋，只是认为它配裤子不适合。但妈妈丧失记忆了，不记得你当时说的话了。是这样吗？

是的，是妈妈记错了。这种高的鞋子不适合搭配裤子。

因为她记错了，她认为你并不想要，就把那双鞋给了×××，是吗？

是的，所以我告诉妈妈你不是别人的妈妈是我的妈妈。

嗯嗯，这个爸爸能理解。后来妈妈不是给你买了这双鞋吗？

是的。我只是想告诉你，妈妈也会丧失记忆的。她太累了，就丧失记忆了。

嗯嗯，这是可能的。

爸爸，我再跟你说一件事。

好。

那天你一直看着床头柜，说那里有很多小人在盖房子（她本来是躺着的，此刻支起上半身指了指我这一侧的床头柜）。妈妈让你睡觉，你不睡。妈妈给你吃药，你也不吃。后来你非常生气，要跟妈妈离婚。

你妈妈说什么了？

妈妈说你不吃药就别想离开这个地盘半步。

是地盘还是房间？

是房间。妈妈说你不吃药就别想离开这个房间半步。

你呢，你当时做了什么吗？

我揪着你的衣服要你躺下睡觉，可你就是不睡。你到衣柜里一件一件往外拿衣服，你说小燕你怎么就不相信呢？你看这些人就在柜子里，我一定要把他们找出来。妈妈说（她加重语气，模仿着她妈妈的语气）老头啊——！那里什么都没有啊！你找到了我的一个小肚兜，你眼睛看着这里（她指着靠近我这一侧的床头），说：你站在那里干什么？

你站在那里吗？

没有，我站在这边（她指了指自己那一侧）。我很奇怪，你在跟谁说话呢？那里有小人吗？

你害怕吗？

不害怕，你那时候心情是很好的，你心情很好的时候就不会发火，我想你大概只是看见很多很多小人。这时候我没有觉得害怕，我拉着你要你躺下睡觉。后来你心情突然就不好了，要跟妈妈离婚。妈妈哭了，她让我下楼去叫二娘她们。我就跑下去，我先通知小周姐姐，小周姐姐再通知二娘，二娘再通知×医生（她像是在讲述一个谍战故事中传递情报的过程一样），然后姨爹陪你去书房。你的衣服都穿反了，那时候你连衣服穿反了都不知道。你对着衣柜不停地说你们还不快走？赖在我家里做什么？

你说的这些事爸爸一点儿记忆都没有。

那是因为你病了呀。

是的。

还有梁叔叔也吃了蘑菇，他没有你吃得多，但他比爸爸搞笑。他不停地说（珞妮抱着双拳，转圈作揖状）各位老大各位老大，求你们还我的车（带着笑音）。刘×姐姐说哪里有人啊？梁叔叔说你看不见吗？到处都是人啊！他还拿着手电筒到处照。黑精灵姐姐大声说你照什么照，什么都没有！（我插话问谁是黑精灵姐姐？珞妮说因为有一天××姐姐穿着一身黑，我觉得像个黑精灵，就叫她黑精灵姐姐了。）梁叔叔租的是二娘的房子，他不停地给他的妻子打电话。（我插话问他的妻子在哪里？珞妮说他妻子回家啦，她不相信妈妈了，就回家了。我问为什么不相信妈妈了？珞妮说谁知道呢？）姨爹找到他的时候他从被子里跳出来，抱住姨爹说你终于来了！我们快离开这里！（珞妮嘻嘻了两声）爸爸，你说他是不是很搞笑？

爸爸不是也很搞笑吗？

没有他搞笑。

（我们都笑了）

爸爸，你把我从车里拽出来的时候说了什么，你记得吗？

爸爸记不得了，是你告诉爸爸的，好像是说你还来骗我，你变一百次我也认得你。

你说你还敢来骗我？我告诉你，你就是变化一百次，我也认得出你。

你很害怕吧？

我很害怕也很伤心，我紧紧抱着妈妈，怕你还会把我拽下车。

现在呢？

现在没有了，那是因为你中毒了。我想，你就像是吃了童话书里的梦幻蘑菇。

爸爸没看过那本童话书，但你说的就应该差不多是那样的。

爸爸，你转过身，对着我躺着。

我平躺着的，就转过身面对她。

她突然笑眯眯地问：爸爸，你知道我今天为什么会跟你聊这些事吗？

爸爸不知道，为什么？

因为我终于有了一个枕头，我可以睡着以后脑袋不顶床头了。

珞妮睡着了，这个最漫长的一天开始进入尾声。

这些天绷紧的神经放松下来。

往事春天

　　那一定是春天，春天的土地开始出现青草的时候，我经常和伙伴们趴在地上寻找一种叫"罗锅"的小虫子。那种小东西大约一厘米长，有很尖利的小牙齿，背上长着一个小肉包包，它的名字就是根据这个小肉包包叫起来的。

猫和狗

喜欢猫，太难了。如果不是为了防耗子，这辈子也不会养猫。珞妮山庄里最多的时候有20多只猫，其中有十几只是流浪猫。它们在山庄吃喝拉撒睡，但只要有一天没什么可吃的，就会无影无踪一只也看不到。备好吃喝，它们又不知从哪冒出来了。说到自家养的猫，只要它不高兴，抬手就是一爪子。山庄的人，无论是主人客人还是员工，几乎无一幸免。

记得有一次，我吃饭的时候空闲的那只手垂下来。一只猫过来就是一爪子，我疼得叫了一声。抬起手看时，手背起了两条抓痕，血珠慢慢冒出来。它是想要吃的，它本可以把爪子收回到它的肉垫儿里，但它不，它一定要伸出来挠你。被猫挠破的地方百分之百要感染的，个把星期也不会好。

我从不敢和猫对视，看上两秒钟就后背发凉脸都是麻的。它的眼睛空洞洞的，似乎根本就没看你；你感觉它的瞳孔深处射出两道看不见的光束，它们仿佛穿透你的身体凝视着你身后的什么地方或者东西。

太吓人了！

我从不敢打猫，我担心在自己熟睡的时候它会溜进来把我的喉咙咬断。

狗就不一样了，不说那些原本就是你自己的狗们，就说流浪狗吧。只要在山庄待上几天，送走了也会跑回来。前些日子我说过一只小流浪狗，送走了好几次都跑回来了。从城西郊穿越整个县城到东郊七八公里，硬是找回来了。

对了，我还讲过我有一只叫安多的藏獒。它三个月大的时候得了犬瘟热和细小病毒，得一种就九死一生；两种同时得，能活下来只能是奇迹。但安多最终被救活了，从此后它只要看见我们，就会立刻趴下，爬着过来表示亲近和感激。因为幼年时得了这两种疾病，影响了它的发育。它长得不太高大和健壮，但安多身手敏捷。我讲过它可以抓到鸽子：它匍匐接近在草丛里觅食的鸽子，鸽子察觉到了危险迅速起飞。安多并没有去扑鸽子，它腾空而起：鸽子刚好升起到它的嘴边，安多正好把鸽子叼住，然后按在身前慢慢地吃。

其实我是想说另外一件事。

大家都知道猫不仅跑得快而且转弯灵活，甚至可以原地转向180度躲开敌人的追赶。还有，猫遇树上树遇墙翻墙，即便在屋脊上飞奔也如履平地。猫厉害、傲慢，人都惹不起。

告诉大家，我的安多还有一个最让我敬仰的本领：它能轻易地逮到猫。

它逮猫不是狂追而是截击。安多总是能预判猫转弯转向的节点和方向，于是一扑而中。安多逮到猫就把猫摁在地上，在猫的尖叫声中嚓一口咬死。

安多好像有洁癖，从来不吃猫肉。

我特别喜欢安多，如果不是因为如今珞妮山庄里人太多，我每天都会把它放出来，逮猫……

一场大山火

有同学给我传来同学聚会的相册，打开，音乐似乎很熟悉。身边的一个人问这是什么音乐？听起来很悲伤。我努力想了想，说应该是《友谊地久天长》。

看到了几位已经离世的同学。

小魏同学很用心，她把毕业照上的人一个一个剪切下来，尽可能处理得清晰。无论她如何精心，集体合照留下的只是一个轮廓，但这也足以让每个人辨认出自己也辨认出别人。

1981年冬天，我们毕业了。回家之前我取道农安回白城，我的舅舅家在白城，我打算先去看望一下舅舅舅母还有我的表妹。

几十年了，我始终回忆不起来我和张军舸是如何走近的。他是班级里年龄偏大那伙的，在校期间他和我们同寝室的小顾关系似乎更好。小顾的家在长春，他每个周末都是回家的。小顾每次重回学校的时候，张军舸差不多都会出现在我们寝室里。我很少和军舸有什么交集，记忆中他属于那种少言寡语但很想表达的人。他看上去总是有自己的想法，而且会为自己的想法激动，但他也似乎总是在表达过程中因为激动说不下去，有的时候甚至红了眼圈。他很温和，若有所思带点儿狡黠的温和。

就在此刻，我还是想不起来我们怎么就成了很亲近的人，但的确很亲近。

否则我不会没有直接去白城，而是中途下车随着他去了他的家。

我很难忘记那个叫作华家的地方，张军舸的家就住在那个小镇子里。能记得一个小院子，木杆和玉米秆混扎的院墙。我在他的家住了两天，嫂子给我们做好吃的，每顿饭都有炒鸡蛋。

后来我们的联系限于通信，大约不超过三次。

再后来就到了1987年。那一年的冬天格外冷，黑龙江的漠河更冷。我穿了羊皮军大衣还是冷。我从长春乘火车到白城，由白城转车到加格达奇，最后到了漠河。

那是1987年春节期间，记得是正月初六。

那一年开始我就是不想活了，如今知道是抑郁了。我一心想离开这个世界，但我那时候特崇拜犹太—基督文化。它告诉我不能自杀，自杀是有罪的。它还告诉我生命是上帝储存在你身上的一笔财产，你不可以随意支取，只有上帝愿意的时候他才可以拿走。

我想到了去漠河，我想我不是去寻死的，我只是去旅行；我可能会在大兴安岭迷路，于是冻死在那里。这不是自杀，是意外。上帝不会因为意外降罪给我，我是清白的。

我到了漠河，住下。然后我想要见见张军舸，我很惦记他，想知道他这几年过得怎么样。

我找到了教师进修学校，门卫听我说了名字，告诉我学校放假张校长还没上班。

他带着我去张军舸的家。

见到了嫂子还有他的两个孩子。

我在他家住了一晚。

我和军舸睡小炕，家人睡大炕。

土炕，烧得烫烫的。

那一晚没怎么睡觉，我们一直在说话。各自讲述自己这些年的经历，也不可能不谈到一些同学。

第二天我还是住了宾馆，每到吃饭的时候军舸就来宾馆叫我。他戴着一顶厚厚的狗皮帽子，手插在袖筒里抱在胸前。那几天我们就没什么好谈的了，我一直在琢磨什么时候开始上路。

后来，在正月十二那天，我离开了漠河。后来，我回到了长春。

我没死。

至于这中间都发生了什么事情，不想说了。每个人都有秘密，这是我的秘密。

军舸去世的消息好像是程革告诉我的，我问是怎么没的？老程似乎也不太清楚。

后来的日子里，我有无数次机会可以问清楚军舸是怎么死的，但都没有问。不知道为什么没问，我猜大概是我不想知道他是怎么死的，真的不想知道。我的印象里始终是我最后和他分别时的画面：他戴着一顶厚厚的狗皮帽子，手插在袖筒里抱在胸前。

我上车之前，他走到我面前，把抱在胸前的两只手拿出来。

我们拥抱，他说：再来呀……

我说：好……其实我还想说几句和告别能匹配的话，但我什么都没说。

几十年过去了，我始终认为他是死于那场大山火：1987年5月6日。

你不知道自己是多么幸福

我这一生有两大遗憾，一是没有一口好牙，二是没有一双好眼睛。

眼睛不多说，高度近视的不幸别人无法体会，它给人生带来的祸害经常是灾难性的。有一天晚上，冬天的晚上，东北冬天的晚上，我去学校值夜班时一边走一边撒尿，结果直接把对面过来的一个人给尿了。我庆幸被我尿的是个男人，否则我有可能不是今天的珞妮山庄庄主，我可能是东北哪个地窖子的窖主了。因为看不见黑板上写的粉笔字，我听课十几年。这帮助我有了一双比较好使的耳朵和特别灵敏的鼻子，但在城市生活的年头太多，耳朵和鼻子也不那么管用了。幸好我在四十几岁时到了山里，耳朵和鼻子逐渐恢复了它们的功能。有时候，我会比我的藏獒们更早一些听见来人的脚步声。还能区别脚步声属于谁，属于珞妮妈妈还是珞妮。至于鼻子，它可以嗅见一个人即将死亡的独有气味。这个我不敢跟人述说，怕人们把我当成进宅的夜猫子，不祥之物。

今天主要说牙齿。

生活在东北科尔沁草原的人群都知道，那里的盐碱地风沙特别大。我在1987年写过一部中篇小说，把那里的风定义为一年两场：冬天到春天一场风，夏天到秋天一场风。

大部分20世纪50年代之前出生的吉林西部草原人都有一口黄牙，60年代出生的人群中也有一部分拥有同样黄的牙。再后来，黄牙齿的人越来越少了，这是因为饮用水中的氟被去掉了。形成黄牙还有一个原因，就是孩子的母亲在怀孕期间服用了四环素，四环素是那个年代最常用的杀菌消炎药。

我的黄牙齿主要是缘于母亲的四环素。她身体不好，长年累月吃药，不是四环素就是土霉素。

说这些没想要博同情，是因为时不时有爱干净的女士说我不刷牙。

我恨不能刷掉牙齿那层黄皮！问题是那层珐琅质刷掉也没用，里面还是黄的。

我很少笑，不敢笑啊。当然这是产生爱美之心之后的事情，小的时候还是经常咧着嘴巴肆无忌惮地笑。其实我原本是个爱笑之人，笑点非常低。很多时候别人没有感觉到有什么好笑的，我已经笑得快要尿裤子了。

上初中之后我就很少笑了，但这只是相对自己而言。在白牙齿的人眼里，我笑一次就相当于笑了半辈子，不忍目睹。上了大学我就更少笑了，大学是啥地方啊？黄牙齿哗啦露出来，女同学别说不会喜欢你，就是多看你一眼都觉得降低身份了。所以大学四年中我连自己班的同学都记不全，我尽量躲避班级的集体活动，能自己待着绝不会找个伴。

我也谈过恋爱，都黄了。

我不知道是不是牙齿的原因，我倾向于是。

因为自己的牙齿太黄，我对所有白牙齿的人都充满好感。

这有点奇怪，我从来没有产生过妒忌，我只是羡慕甚至崇拜这些人。我选对象也首选白牙齿的姑娘，牙齿和我一样黄的坚决不打扰。前边说了我眼睛不好，谈对象一般都不会选在阳光灿烂的环境中，在那种不太明亮的环境里，我基本上是看不清人家的牙的。我只能凭感觉，东北话是大荒儿溜一眼，看见嘴巴那里有一溜白的，多半就是白牙齿了。如果来到明亮处，我一定想法子让对方笑一笑。实践证明我这个念头是多余的，白牙齿的姑娘很少会憋着嘴巴想哲学，她们特别喜欢笑。我不清楚她们是不是没笑找笑也要笑，就是笑给黄牙看的。阳光或者灯光下，洁白的牙齿闪着柔润的白光，像穿透雾霾（那时候还没有雾霾）的阳光一样温暖着我。

往事不堪回首，说多了都是泪。

说现在。

珞妮山庄的饮用水出自我们自己挖的井。这里的水化验后属于富含矿物质的矿泉水，唯一的缺陷是含氟高。我认为珞妮妈妈的牙齿一般白，这说明也受到了含氟水的影响。我最担心的是珞妮也会受影响，所以绝不允许珞妮喝生水。含氟水只要烧开，氟就会沉淀依附在器皿的内壁和底座上。

现在看珞妮的牙齿似乎还没有受到破坏，但两个门牙中间有缝隙。我怀疑是不是因为水中含氟造成的，医生说不是，长出恒齿之后就不会这样了。不管他们怎么说，我还是提心吊胆的。我甚至想到那个缝隙真的合不拢，就找最好的牙医想办法矫正。

我可不愿意我的女儿跟她老爹一样为笑和不笑纠结一生，

难堪一生，痛苦一生。

对了，我的牙齿在20岁时就掉了一颗。它就没长根儿，用舌头舔啊舔就给舔掉了。我一直没镶牙，我不想在满嘴黄色中突然出现一个白点儿，除了显得更黄，没别的用处。

其他的牙齿还长着，但好几颗是晃动的，晃动了几十年。

今天，左边最大那颗牙齿终于快要不行了。这颗牙居然也没有牙根，它能坚持五十多年也真不容易。它很顽强地连在一片肉上，硬扯，还挺疼。我的想法是不要去拔，还是用舌头舔掉吧。

这是命，它的和我的。

说到这儿，我很想告诉有一口白牙齿的人：

你不知道自己是多么幸福……

1977年：大雪，高考与爱情

1977年夏秋之交，有传言说高考要在这一年恢复。没有在意，因为觉得高考是否恢复跟我们这些已经进入社会的人没关系。那一年我在通榆县城建局所属的砖厂做勤杂工，那是一家大集体性质的砖厂。除了师傅级别的中年技工，其余的都是刚刚分配的免下青年。年青一代对免下青年这个术语很陌生，免下青年就是被国家免除下乡做新农民的高中毕业生。免下青年至少要符合三个免下条件中的一个：一、独生子女；二、非独生子女但是留在父母身边的最后一个；三、病残。我符合第三条：病残。近视眼超过600屈光度就列为轻度残疾，我的眼睛小学时就超过1000屈光度了，应该算是中等或重度残疾。

我高中毕业半年后就被母校通榆一中招为代课教师，每个月30元工资。我担任初二的语文老师，也偶尔替请假的老师上几堂自然地理和物理化学。我还担任初二（8）班的班主任，学生比我小三四岁，还有两个比我大的。我这个班特别能干活，体育也好，一年下来得了俩荣誉：劳动模范班和年级运动会冠军班。

我讲课比较受欢迎，原因是我喜欢闲扯，经常扯课本以外的东西。在同龄人中，我大概是读书多的，小学时期就看过很多小说，长篇小说。有中国的也有外国的，大部分都是缺页缺封皮的。后来到大学图书馆借阅老师指定的书，才发现绝大多数我早就看过了。

我当了一年半的代课教师就辞职了，是因为我终于有了一个正式的工作，就是得以进入城建局砖厂。虽然是勤杂工，但毕竟是正式工作。离开学校前，几位和我相处得很好的教师给我送行：闫金发、李茂志、张惟忠。还有闫金发的朋友，他在民政局当副局长。闫老师做东，大家喝了很多酒，我不喝酒，他们也不逼我喝。喝完酒已经很晚了，我们骑着自行车回家。在路上李老师被一个迎面过来的人给撞倒了，这个人也骑着自行车。我们是右侧行驶，他逆行。天黑没有路灯，两个人就撞上了。其实只要他道个歉说声对不住啦就没事了，我们都很高兴的，不会因为这个就翻脸。问题是这个人不仅没道歉，还气势汹汹骂李老师。

李老师是教体育的，跟我的哥哥是初中同学。他身体好还练武术，他练的是长拳不是太极拳。他被骂得起火，就跟那个人撕扯起来了。我那时候身体也好，没练武术但比较敢下手。我不能让李老师吃亏，扔下自行车就过去助拳。（我过去之后把李老师推开，他喝多了，站都站不稳了。）我推开李老师就跟那个人一对一打，他很快就倒下起不来了。我拉着李老师赶紧撤离战场，李老师趔趔歪歪一边走一边大声喊叫：你打听打听，通榆县有哪个不知道我李茂志的？！

第三天，警察就来到学校，把闫老师、李老师、张老师和我一起带到了派出所。我们被关在一间四处漏风的拘留所里，一铺大土炕，取暖就烧苞米瓢子。民政局副局长也被逮进来了，他是单独关押。后来派出所的张所长说你们打了不能打的人，是县委副书记阎月才的小舅子。他不发话我们也不敢抓你们，你们都是咱一中的老师啊。现在也不敢放你们，待足了七天吧。其实只是我一个人打的，但县委副书记一定要把那天晚上在场的全抓了才解恨。

同学翟进平的爸爸是公安局法医，所以他可以通过张所长给我们送进烟来抽。那时候我哥哥在部队当大头兵，妹妹还小，在拘留所里的被褥都是翟进平给我拿来的。我从拘留所出来，翟进平陪着我回家。我很惊讶我老爹什么都没说，看上去好像还挺高兴。

我看着老爹和老妈，头一次感到很难过很愧疚。那之后我很少打架了，不是因为被关了一个星期，而是因为看到爸妈欲言又止的神情，更因为妈妈给我做了一顿烙饼。

我最喜欢吃烙饼。

我跟妈妈说：妈，对不起，让你失望了。

妈说：妈没失望，男人哪有不打架的？

我最终还是没有兑现给妈妈的承诺。

1977年秋天的一个下午，我把车间主任李连杰给打了。他一边大声哭，一边找傅书记告状。厂里当天晚上就开了批判会，宣布我离开政工组重新做勤杂工，还要写检讨。

李连杰看上了一个从包拉温都公社到我们砖厂打工的姑娘，姑娘叫国淑芳。她的名字是我后来才知道的，就是开完批判会的那天傍晚。李主任一直想占小国的便宜，小国不配合，他就派小国推独轮车。那种独轮车非常不好驾驭，男人也经常会被翻倒时的车把打伤。如果车里再装了砖，危险性就更大了。我那时候在政工组上班，临时抽调，因为我会画画还会写文章。我也是嘚瑟，事情干完了就忍不住到工地去转悠。现在想来是显摆一下自己很牛，不用干臭苦力。人太嘚瑟就会出事，颠扑不破的宇宙真理。

我看见小国推独轮车，车斗里虽然只装了二十几块砖，但还是随时要翻车的样子。我连忙过去帮她推车，接下去又帮她推了几车。这时候李主任过来喝止我停下。我停下。他先是对小国骂了几句，然后跟我说你该干啥干啥去。我就跟他解释说这车的危险，请他换个男的来干这个。李主任不听我说，嘴里不干不净骂人，我警告没起作用。小国这时候上来拉着我让我离开，李主任说哎哟！这还护着了？然后就骂更难听的，我警告没起作用。

我没想到他会哭，还是号啕大哭。1977年秋天我还差几个月才满20岁，他28岁，他真不该哭。他的牙齿掉了几颗，但他的牙齿本来就不好，里出外进还是龅牙，没了牙齿他的嘴巴形状比原来好看多了。他在家里病休了一个多月，傅书记让我和同学兼工友张波带着酒、点心、水果去他家里给他赔罪道歉。他从炕上爬起来，让媳妇炒菜，然后我们在他家喝了一顿，第二天他就上班了。张波说：主任是盼着你来啊！你要是早点来，他也早就上班了。主任不敢招惹张波，张波的老爹是林业局局长，在县里都是老资格，县长书记都礼让三分的老革命。

主任说：你不给我赔罪道歉，我面子往哪搁？

我说你说你不该打吗？

张波说该打，但你差点被开除了。

主任说我大人大量，不跟你计较，但要让你小子知道什么叫王法！

开完批斗会那天傍晚，我一个人骑着自行车走在全厂职工的最后。我慢慢骑，一边骑一边想回家后是不是要给妈妈交个底：我可能被开除。我会跟妈妈一五一十讲清原因，我相信妈妈不会因为这个责怪我。她虽然会对我的前途担忧，但不会因为我这次打架埋怨我。我想我已经是成年人了，这些事情自己要拿得起放得下，大不了找个临时工，不就是混口饭吃嘛。

小国扶着自行车站在路边，她叫我下车。我下车问她有什么事，她说要跟我说几句话。就在这个批判会上，傅书记宣布开除小国。小国什么都没说，她站起来就出了会场。

我说对不起啊，要不是我，你也不能被开除。

她说说什么呢？不开除我也不想干了，我是等着你跟你说声谢谢。

然后我们就推着自行车一路走一路说话，我知道了她叫国淑芳，蒙古族公社包拉温都人，叔叔在县城工作，她跑出来做临时工。她不想老老实实做一个农民，她想进城。

当天晚上我没有在家里住，也没有告诉妈妈在我身上发生的事。我不想让妈妈着急上火，瞒着或许更好。我说我去工友李国栋家住一晚，我真的是在李国栋家住的。我们俩彻夜不眠，主要是聊小国这个姑娘。李国栋说这是天赐良缘，你可要把握住啊。我说我不能想这事儿，不是说今年冬天就高考吗？我们要考大学，考上了大学怎么可能在通榆成家呢？他说也是，考上大学能不能回来还是个事儿呢。谈情说爱可以，结婚，要慎重。

第二天，再见到小国的时候我就把自己的想法说了。她说她也要考大学，我考到哪她就考到哪。我说你考不上的。她说你怎么知道我考不上？我说你想想，这一次考大学的人那么多，能招几个呀？都是学习尖子才有机会。她说不考大学我们就……我说是的，我考上大学就不回来了，这辈子也不回来了。我恨透了这个地方。

分别前我们交换了纪念品，她给了我一个塑料皮笔记本，我给了她一支钢笔。那是在铁道边的树林里，它是我们县城最成风景的地方，但深秋落叶，天气很凉，树很干枯。

说再见时，小国哭了。

回忆起来，我们连手都没拉过，相互间始终有一个身位的间隔。我不知道那算不算我的初恋，总觉得不是，初恋的感受应该是另外一种样子。

我知道这次说再见可能就是永别了。我突然也很想哭，但我没眼泪。我的眼睛受伤之后就很少能流眼泪，每天都干干的。

厂里终于宣读了国家下达的高考文件。我已经记不得内容了，只能记得参考的科目有很多限制。比如我这种近视，就不能报考理工科，只能报考文科。而我在砖厂工作只能报考理工科，不能报考文科。我觉得自己机会不大了，物理化学数学差不多忘光了，这些年我只顾了读小说了。更要命的是，理工科对身体有很多要求，我视力不行。那几年也的确如此，我的同学刘冠奇连续三年考试在白城地区没有掉过前三名，只因为一只眼睛失明，年年都没有被录取。后来他放弃了，接了爸爸的班在民政局当会计。再后来他当了县保险公司的经理，再再后来因为贪污被判了六年徒刑。他能被从轻处罚，是因为家人，主要是我们这些同学帮凑钱退赔。他出狱后基本上不再和同学们联系，去年我和家人回通榆，说好了在一起吃顿饭，但临近饭时他打了一个电话给张波，说是单位有事来不了了。李晓芳说他能有啥事，一定是人凑齐了打麻将。这小子打麻将赢钱，比工资还多。

临近考试前三天，张波终于通过他爸爸说动教育局为我们开了绿灯，我们被允许参加文科考试。单位给了我们三天假期复习，复习个六啊？三天！三天能复习个六啊！于是我们在这三天里就是玩，我说放松一下比干着急更好，考上考不上听天由命了。

考试那天很冷，我记不得具体的日子了，就是很冷。

第一科答完卷子，抬头看时发现考场里只剩我一个了。

监考的老师朝我笑笑：别着急，还有5分钟呢。

我交卷走出考场。

好大的雪！一片一片在空中飘舞无声无息慢慢落下，落在头上落在身上落在地面的积雪上，无声无息。这个考场外聚集了上千考生，大家都在判断自己考得怎么样和判断别人考得怎么样。

考试完了就继续上班。大家都不认为我能考得上，除了我的初中班主任和我的哥哥。妈妈也说我考得上，但我知道她是在鼓励我。我的班主任和哥哥不一样，他们了解我。哥哥还特地从部队打电话来，他说你报北大。我说不行，考不上。他说你能考上，你要是考不上，没几个能考上。我没听他的，听了班主任的，第一志愿报了吉林师范大学（即现在的东北师范大学）。报志愿在当时是无比重要的，一旦第一志愿不被录取，就直接刷下来，所谓第二第三志愿就是胡扯的。按照我当时的状况，这一次考不上，我大概再没机会报考第二次了。

我在厂里再没有可能坐办公室了，一直随着临时工大部队给开春后的烧砖备土方。冻土太硬，就打炮眼埋炸药，插一根雷管进去，用手摇发电机引爆。

炸药爆炸了，浓烟和巨响之后我听见似乎有人在喊我的名字。硝烟散去，我看见一个一寸多长的人影站在坡顶，他的手高举着，一直在挥动。

工友小黄说：洪峰，是连信在叫你。连信是我们的新车间主任，天津知青，妻子是上海知青。后来他们回到了天津，从此再没有联系。

我丢下手里的十字镐，说：我考上大学了。

我没有跑，我一步步不紧不慢走近连信。他冲上来：你的通知书！你的大学录取通知书！

我接过通知书，没有看。

我说连信我现在能回家吗？

他说：回吧回吧！

我步行回家，一路上心绪很乱，想了很多又似乎什么都没想。临进家门时，我感觉到眼泪在眼睛里，但就是流不出来。

1977年高考，录取人数是报考人数的5%，我有幸成为这5%中的一个。

各自四十年

校庆六十年（六十五年？）我在被邀请之列，同学老程特地打电话说咱们中文系只被邀请了几个人，有你。他还说77级只有你和王××。我说我不回去了。

后来人家再校庆就不请我了，我认为这个很合理：你不识抬举。事实上我也真不识抬举，当我听到老程说了那个同学的名字，我就决定不去了。和这个同学毫无私人恩怨，只因为他当时在吉林省当组织部长。在我的价值观中，你当再大的官也不能算是东北师大的杰出校友。我得说我不想与之为伍，这叫作文人的酸腐气。我渴望这股子酸腐气能保留在当代中国文人身上，这或许是民族不堕落的些许希望。毕业后这么多年和政府里做官的同学从不联系，同样是基于不变的价值观。也同样，和这些同学没有个人恩怨。

同学也好，朋友也好，都说我偏激。我认同，我喜欢自己的这种偏激，它能保证我几十年始终如一地安于做自己认为正确的事。人不可能保证自己是正确的，但可以保证自己不做坏事。大学四年，我在班级大部分同学眼里就不像个读大学的，很多女同学甚至认为我就像个地痞。许多年后和一个女同学见面，她说我们当时都劝那谁谁不能跟你好，你哪像个大学生啊，就是个地痞。

我说冤枉，我做过什么地痞的事吗？

她说那倒没有，但是你总骂人，还不管男女。你想啊，哪有文化人那么干的？

往事如烟，抓不住留不下。剩下一点就是零星的记忆，串联起来不仅困难，而且失真，不说也罢。

参加这次同学会源于另一个班的同学刘延杰。我注意到这两年他似乎只干一件事，就是全国各地到处跑见同学。每次都发很多照片，上面的人十有七八我都认不出来是谁。他一个一个告诉我这个是谁那个是谁，然后我一点一点面孔复原。

7月份刘延杰所在的77级3班聚会了，他一如既往发照片抒情怀。后来，他说：洪峰，参加吧，你想过没？我们都老啦。

似乎被什么东西在胸口撞了一下，我的眼泪就下来了。

我决定参加这次同学会，毕业三十五年，入学四十年的同学会。

毕业那年我是提前离开学校的，行李卷都是张庸林给我拿回通榆的。我们是老乡，他后来从政在县里做官，我经常回通榆，只偶尔才和他联系。我就是听不了他说忙，我说你忙个屁呀，比总理还忙？这次见面，知道他也要退了，瞬间感觉当年那个小兄弟又回来了。下次回通榆，我一定要提前告诉他，让他准备好吃喝。

读书期间彼此走得最近的是刘志杰，帅小伙。这一次他一进酒店的房门，我迎上去跟他拥抱。他哭了，转身进了卫生间。我们都坐下来之后，我告诉他我在名单里看见他的名字特别高兴，我特别注意看有没有他的名字。我和志杰之间在学校时也是凡事他让着我，我翻脸他也不计较。毕业后很多年因为一件事我跟他翻脸了，后来我就进山了。再后来就是这次见面，我跟他说你就是你，无论什么时候我都惦记着你。

还有一个同学叫王乃华，我的上铺。我们俩关系也好，他比我大五六岁。毕业后我看望过他，这一次没有人找得到他。不知道他去哪里了，真正失联了。

我们同寝室这一次照了一张合影，只有六个人出现。老宋去世很多年了，他去世前两年我和程革去临江看望过他，那时候他就已经反应迟钝了。老李因为当年犯生活伦理错误，早就不知所踪了。

第一天晚宴的时候只有一张大桌子，人太多挤不下。我大部分时间没有坐进去，在远处坐着或者走动着假装看手机。我努力把一张张面孔和记忆中的姑娘小伙合并，眼前是当年能记得住的场景。这感觉特别熟悉，似乎一点儿都没变。谁当年在班级里什么样子、充当什么角色，依旧。我当年也是这样子，人多了就溜边，看着。贾杰也和当年一样，竭力照顾到一切。比如他会突然出现在我面前：洪峰，你怎么不去吃点东西？当年也一样，他会细心地照顾到每个人。

毕业后还见过几个同学，除了在长春的，外地同学是赵云鹤、辛拓、张丽丽、高雅珍、张建华……辛拓给我的记忆是：看完了一场教学电影，他一边离开放映室，一边啪啪地拍着椅子背，突然大声吟诵了一句："大雪染白了法兰西的睫毛！"

张建华和辛拓境界完全不同，毕业告别宴她的接龙诗"酸菜粉儿颤颤巍巍"很震撼，瞬间鸦雀无声，然后是爆笑。这一次回系里，她在结束前要求读一首自己写的诗，是献给九三学社的。全是红旗招展云水翻腾为有牺牲多壮志了。没有人不满，都是笑。我也是，没有什么不满，只是略微感慨生命对相当多的人来说，是静止的。

还有很多碎片在那天晚上粘接起来了，以后有时间慢慢讲。

无论如何，各自有自己的四十年，自己喜欢就好。

和三十五年前一样，这一次我还是提前离开的。如果说有不同，那时候我心里的想法是最好一辈子不要见了。这一次的想法是他们如果还能动，我在云南接待他们。

珞妮妈妈说，你既然这样想，就组织一次云南行吧。

我没有接茬儿。

再过几年，有些人你会见不到了。

我的心脏使劲跳了几下，说：还是算了吧，我不擅长这种事。想来就会来，不想来的等于给人家找麻烦。我说你想啊，虽然没有恩怨但是有好恶，烦我的人也不会少。这类同学之间，少见面或者干脆不见面是双方的福分。

我看重这个福分，它是上帝为你的生命制造出的完美平衡。

一个女人和小美牛肝菌

蘑菇王国的正面是美味，反面是蘑菇中毒。每年仲春之后一直到霜降，云南人中毒的最多。人们中毒的类型很多，今天只说致幻型中毒。致幻型中毒的基本症状是会看到斑斓的色彩或者是熙熙攘攘的小人，这些幻觉对象是否可怕或可爱，完全取决于中毒者的情绪和心理状态。如果他的心情很好情绪很稳定，这些色彩和人群带给他的就是美丽的有趣的情境，他会希望一直看下去。如果心理和情绪不太好，这些幻觉对象就会很难看很污眼甚至很血腥可怕。

据说轻度致幻对治疗抑郁症有帮助，庄主没试过，不敢下结论。

其实这个故事到这儿已经快要完了，简述一下：一个女人吃蘑菇，她吃的蘑菇叫作小美牛肝菌。好吃，但做法不对就会中毒。女人中毒了，她被送到医院之后很快就痊愈了。第二年她又中了同样的毒：致幻性毒素。送进医院，同样很快就治好了。第三年她第三次被送进医院救治，很快就好了。医生说你怎么不长记性呢？哪有这样的人啊！连续吃同一种蘑菇中毒！女人没说什么，回家了。但她出院后不久又中毒了，同样的毒。医生对这个女人已经很厌烦了，甚至想把她转到神经科去。

女人求医生不要给她转科：我知道那种蘑菇有毒，我是故意中毒的。

医生更生气了：为什么呀？

我女儿四年前没了，我第一次蘑菇中毒的时候，看见了我女儿。我们母女在一起聊天……我就是想再见到女儿。

于是就不停地中毒？

是的，每年这种蘑菇下来，我就吃，不去毒。

医生没有继续训斥她，很小心地问：后来这儿次见到女儿没有？

女人哭了：没有……

一个爱情的结尾

大约是在2003年初秋的一天下午，我接到一个电话，是个女的。

"你还记得我吗？"她问。我没有回答，我讨厌有人这样在电话里问，我打算她再问的时候就放电话。

她没有那么干，她说："我是小梁啊！"那个瞬间我觉得记忆突然就活跃了，我眼前出现了一个大眼睛圆脸皮肤白皙的姑娘。我说："记得。怎么能不记得呢？小梁你好吧？"她说："我很好，你呢？你也好吧？"然后我们说了很多话。她的声音有些变化，准确讲不再是小姑娘的声音了。这不奇怪，每个人都会这样，我的声音也不会是当年的那种了。

此后的日子里，我们经常通电话。

她是我的一个好朋友老杨的朋友。用现在的说法定位：小梁是老杨曾经的情人。

姑娘留给我的印象很深，不仅仅是因为她长得漂亮，更因为她是那种非常安静非常体贴的姑娘。记得我和他的情人下棋的时候，她会静悄悄坐在一边看，夜深的时候她会把冲好的方便面端过来。当时他们住在一个学校里，正因为是同学，他们才爱上了。那年头刚刚开始时兴这种伤筋动骨的爱情，所以离婚的也比较多。现在人们"进步"了，爱是爱，家是家，两不误。那会儿还比较不进步，所以他们采取了很古典浪漫主义的方式：我这个朋友和他的情人私奔了。他们俩就跑到海南岛了。20世纪90年代初的海南岛还是冒险家的乐园，大部分在内地活得不如意的人都跑了去。他们在那里生活了三年但一直没有过上很好的日子：他们经常吵架，开始文斗最后发展到武斗。武斗一开头就意味着两个人的关系到了该结束的时候。他们结束了：男的回到自己家里，女的没有回家，她一个人去了广州。

我想说后来的事情。

后来，后来我的朋友老杨得了癌症，胃癌。做了几次手术，效果不错；再后来就转移，再做手术。这意味着老杨的生命接近了终点，大家都清楚这个，老杨或许也清楚，但他对生命怀着希望。

小梁从一个朋友那里知道了老杨的情况，就从广州赶到上海。老杨那时候在上海的一家医院里做放疗，他看见小梁的时候先是张着嘴巴喘气，然后就哭了。小梁也哭，她后来跟我说她哇哇地哭，一点儿也不管周围的人用什么眼神看她。

他们哭啊哭哭完了，老杨说："小梁，我知道你还是爱我的。"

小梁没有回答，她还沉浸在悲伤里，没听清老杨说什么。

老杨继续说："等我病好了，我们一起去广州，再也不分开。"

小梁连忙停止悲伤，"你不会是真的这样想吧？"

老杨说："我真是这样想的。"

小梁看着老杨发了一会儿呆，说："不行！我现在有自己的家。"

小梁后来说："老杨怎么可以有这个念头呢？我去看他不是要证明我还在爱他。"

后来老杨还给小梁打过几次电话，小梁说："不行老杨，已经不是过去了。不行。"

老杨问："为什么不行？你不爱我了？"

小梁说："不爱了。"

老杨说："你为什么还要去看我？"老杨沉默了一会儿，在电话那边哭了。

小梁在这边也哭了，她说："你连这个也不明白，我当年爱你算是瞎了眼。"

后来我在云南的时候，小梁去云南旅游。那天下午小燕和我去机场接她，她先是和小燕亲热了一会儿。女人们在这方面很有天赋，她们根本不认识，但那股子亲热劲就像是多年不见的亲人。

小燕离开候机厅去叫车的时候，小梁对我说："你不知道吧？老杨已经去世了。"

我不知道，我有几年没有见过老杨了。我非常难过，他是我为数不多的朋友之一。在沈阳的时候我们会经常聚在一起下棋，也会时不时聚在一起喝茶。离开沈阳之后，我几乎断绝了和那里同行和朋友的联系，也包括老杨。

小梁说："刚刚去世不到半个月。"

我看着她，她说："他去世前几天还给我打过电话。"

　　我看着她，她说：“他说他一定要去广州找我。”

　　我看着她，她说：“我没有答应。”

　　我看着她。

　　她说：“我要是知道他就要不行了……我会答应……”小梁的眼泪流下来，她把脑袋搁在我胸前，身体哭得抽搐。我摸着她的头，我也哭了。

　　“但我真的已经不爱他……”她抽泣着说。

　　“我知道……”

在那个下雨的清晨

记忆中是20世纪90年代的第三年，同事给拍了一张照片：杂志社要的。照相的时候，我们是在转山湖边上，我正打算游泳，手里拿的香皂盒是为了洗一洗。我一般四五六七八九十来个月不洗澡，身上的黑泥一把一把的。周围有好几个同事说这样！那样！不要这样！不要那样！后来我说都闭嘴吧！就这样！于是就这样照了。

那天很晴朗，一片云彩都没有，大家都出汗。

不知道你有没有遇到过这种事情：你开始做时就已经后悔了，然而你还是一边后悔一边做下去。一般说来，这种事情百分之百是没有结局的。或者说，开始和结局无法区分。

几天后的早晨，我揣着照片去上班。我打算到单位以后写一封信，连同照片一起寄到杂志社。

我一直很愉快，因此没有料到会有不幸的事情发生。

那天早晨下着小雨，马路很湿很亮。气温很低，大约是零上五度的样子。很多人都穿雨衣。我没穿，我不喜欢穿雨衣。

我骑自行车。那条路行人很少，它几乎接近市郊，连机动车也很少。

在我前面也有一个人骑自行车。这个人穿一件很厚的雨衣，雨水让他的身上亮闪闪的。他离我大约十几米远，愉快的心情驱使我决定超过他。

就在我即将追上并且就要超过他的时候，我前面说过的那种事情发生了。

那个人突然偏转脸，然后，然后他撮起嘴，然后他就噗一声！然后，就有一块又凉又黏的东西打在我脸上。

我不知道你遭遇了这种飞来横祸会做出什么样的反应。我只记得我愣了一下然后就拼命超过他，在稍稍压过他半个车轮的时候，我回过头，瞄准他的脸很用力地吐了一口。头一天夜里我睡不着，抽了许多烟，早晨起来得很晚，又没来得及刷牙……你知道那一口的分量。我注意到那人跟我一样猝不及防，我清楚地看见他脸上平展展铺上了一小片黑黄色的胶状物。

我什么也没说，一边抹去脸上的东西一边继续赶路。这时候我的心情又开始变得舒畅，就有了这几句哼哼出来："如果是这样，你不要悲哀……"这时候我感到有人擦过我身边，那东西几乎和我的预感同时抵达。

你猜着了，那人又追上并超过我，同时又回敬了一口比上一次稍淡一些的口水。

接下去的事情你也可以讲述下去：我再追上他并超过他同时再吐他一口；他再追上我并超过我同时再吐我一口……你猜得差不多或者说十分准确。

但我敢肯定你忽略了一个生理上的问题——他吐我一口我吐他一口循环往复，后来我们都没办法那么迅速地制造出有质量的痰来，吐出的都是拼命从腮帮子挤出的少许清水加上从脸上流进嘴里的雨水。再后来我们必然是连口水也没有了，他吐我或者我吐他都不过是一种象征性的活动。只有声音：呸！噗！噗！呸！基本上没有口水，再再后来连唾沫星也没有了。这是生理机能的问题，一旦达到极限谁也没法子再发挥。

还有另外一个生理问题。

我要想吐他或者他想吐我，在后面是毫无办法做到的，我们只能追上并且超过对方才有可能成功；而一旦谁占了一口的便宜便要奋力蹬车逃跑，免得对方赶超自己。这样一来，每赶上一次，都必须付出相当的体力，非常累！很显然，到最后我们俩必然有一个被拖垮或者同时垮掉。

的确是生理极限的问题。

我说过那条路行人很少，机动车辆也很少。补充相当重要的一点，交叉路口没有红绿灯，这就使我们能不受任何干扰地不断追逐不断呸噗噗呸。后来我累得汗都没了，这时候我发现我们已经远离市区。我还发现雨也停了，有太阳出来。我还发现周围一个人都没有。我预感到事情有些不妙，于是我就打算主动退出这场马拉松式的战斗，一溜了之。我不打算被那个人揪住暴打一顿，这想法使我十分紧张。

就在我停下车子的时候，我前面几步远的对手突然摔倒了。

接着，接着，他爬起来哇哇哇地哭了。

这情形让我们大家都吃惊。其实这很正常，在此之前，我和大家一样并不知道那个人是女的：她哭的时候风雨帽滑下来，原来塞在帽子里的头发一下子就像黑色的小瀑布倾泻下来。这时候我才注意到她的身材的确和男人不一样：虽然她穿着雨衣，但依然能看见她的肩很窄腰很细臀很宽，虽然她的两臂挡在胸前，但依然能看得见起伏的地方比男人啰唆。

这时候太阳已经很高了。

我看看表，快十点钟了，也就是说我们就这样过了两个多钟头。

我们一个站着，一个蹲着。她不停地哭，我非常不安，却又不知该怎么办。

后来，我帮她扶起自行车。

她抬起头看我，我也看她，然后她就笑了一下，我也咧咧嘴。接着她就大声笑起来，我也呵呵呵笑起来。我们就这样笑了好长时间，后来她说：上班来不及了。我说我也是。

后来，我们就推着自行车往回走。

后来，我们在饭店吃了饭。

后来，天就很晚了。

后来，我们就告别了。

告别的时候，她说：留个纪念怎么样？

我说：我也这么想。

她从背包里拿出一支笔给我，这支笔我一直保存着。

我摸了半天，只摸出了那张照片。

她很认真地看了十几秒钟，抬起眼睛看着我。

你可真丑！她说。

往事春天

　　1976年春天还没有过去，我们学校的农场就开始挖菜窖了。

　　那时候每个学校差不多都有属于自己的农场，农场每年和各个生产队一样要种粮种菜。说实话那些粮食和菜除了劳动的学生吃，再就是农场职工吃和拿，其余的大概都是给学校领导福利了。

　　我的家乡土质不是很好，沙土地和黏碱土混合在一起，经常是上边一层几十厘米黏土下边跟着就是沙土。这种土地在当年的备战备荒深挖洞中不太适用，挖地道和建地下工程经常塌方。

　　我要说的这件事情就和土质有关。

　　当时我带初中二年的一个班级，这个年级总共有8个班级。我这个班级是以工人子弟为主，所以干活比较厉害。那天我们班级给年级组长杜老师派出去挖水渠，水渠划定的线路上基本都是黏土，挖起来比较麻烦。杜老师当时也带一个班级，他的班挖菜窖。

　　那年头判断学生好坏不怎么看学习，主要是看劳动和体育。我这个班劳动最厉害，开运动会也总是第一，于是就得了模范班的奖状。为了这张奖状，学生们还要求我和他们一起去

照相馆照了一张合影。许多年后我再看到这张照片，才发现那
会儿我也是褶子哄哄的，看上去就像50岁的小老头。

我们挖水渠的时候累得够呛，但学生们争强好胜，干到下
午基本就把一天的任务完成了。我让学生们歇着，自己也坐在
水渠边上。那会儿我还不会抽烟，看见几个男生偷着抽烟就假
装没有看见。我的学生非常淘气，除了我基本谁的话也不听。
他们甚至敢把女老师的黑板擦藏到黑板顶上，看着女老师踮着
脚尖够不着，嗷嗷地起哄。这些家伙还干过这种事情：他们把
正对讲台的大花板揭开，当女老师站在讲台上的时候，就把锯
末子推下来。可以想象是什么结果。

我经常要给老师们赔礼道歉，然后再去学生家里家访。大
概是因为我很少跟学生家长汇报学生的劣迹，我的学生一点点
就开始听话，至少在课堂上不再祸害女老师了。

我坐在水渠边上和几个学生闲说话，学生中有一个是我后
来相处过的女朋友。她妈妈和我妈妈关系非常好，我和她从小
就关系更好。我们经常在一起玩，两家大人都说我们天生的一
对。她那时个子比我高，当然后来还是比我高。她人长得很好
看，搁现代标准衡量也属于很漂亮的那种。她一笑眼睛就弯弯
着，牙齿白得闪光。我一直比较喜欢香港明星周海媚，就是因
为她笑的时候眼睛也弯弯的。在家里的时候她叫我二哥，到了
学校就叫老师。

她单独和我遇着的时候，就说："老师来——了？"

我说："来了。"

她说："嗤——看把你美的！"

我四下看看，说："你小声点！给人听见怎么办？"

她四下看看，说："没有人啊。看把你吓的！"这时候她就笑起来，眼睛弯弯着，笑得我脸马上就热辣辣的心乱跳。

后来我们没有终成眷属，是我的错：我经常当着她的面说她妈妈怎么怎么能骂人，怎么怎么没有修养。后来我再去找她，她说："二哥，我还是跟你叫二哥吧。我不能跟你处对象了。"

我说："为什么呀？"

她说："你瞧不起我妈，还能瞧得起我吗？"

她嫁给了我的一个同学，她也一直叫我二哥。我们曾经想约会一次，但后来没有约成。她说了一句话，我们就没有干什么过格的事。

她说："其实……其实他对我挺好的……"

再后来我们就没有机会见面了，我经年累月乱跑，她老老实实在家里相夫教子。

那天下午我正在和她还有别的几个学生说话，一班的张老师急急忙忙走过来。他离我很远就喊我过去，我连忙过去。

张老师说："出事情啦！"他一边说还一边哆嗦，脸上的汗水一直在流。

我问："出什么事了，你慢慢说。"

张老师说："杜老师班上的学生给塌方埋起来了。"

我说过我们家乡那一带的土质不行，学生们挖菜窖的时候突然就塌方了。如果正常塌方估计也不会出大事情，几下子就可以把人扒出来。但农场的这个菜窖刚好选择在一个小山丘下边，塌方的时候连同山坡一起塌下来，几个学生一下就没了影子。

一阵慌乱之后就开始挖人，杜老师一边指挥挖人一边让班长点名，总共埋了5个人。

很快就挖出了3个，过了一会儿又挖出来1个。这几个学生都没有太大的危险，就是吓得够呛，两个女生哇哇哭，男生没有哭，但笑得比哭还难看。

这时候杜老师的眼泪就下来了，他一边挖一边嘶哑着喊："李晓红！李晓红！"

大家的心都揪起来，二十几分钟还没有挖着人，还能有救吗？

李晓红还是没有抢救过来。

大家把她从土里扒出来的时候，小姑娘已经停止呼吸，一点儿生命迹象都没有了。

同学们都哭，老师也哭。只有副校长没有哭，他吆喝着让大家快点收拾东西，立马回城。

后来呢？后来县里追认李晓红为革命烈士，她的坟墓就建立在烈士陵园一进门的地方，用水泥砌成的墓穴和水泥墓碑。全县城的学生为她送葬，教育局和县里还号召大家向李晓红学习。

杜老师的年级组长给撤了，他从那以后见了谁都咧着嘴巴笑，细高个子很快就驼了下去。

杜老师在1985年开春的时候去世了，那一年他43岁。留下一个女儿，他妻子是南方人，杜老师去世后她就带着女儿回南方了。

杜老师去世后的第三年，我回家乡去采访一个什么人。

一天早晨我离开招待所散步的时候，不知怎么就来到了烈士陵园。我走进去就看见了李晓红的坟墓和墓碑，我看见她的坟墓不知被什么动物挖开了两个碗口大小的洞，洞口一带很光滑，估计时间不会很短了。

我在李晓红的坟墓前坐了很长时间，那会儿的感觉很奇怪，似乎想了很多又似乎什么也没有想，就那样一动不动地坐着。

临走前我找了几块砖头把那两个洞口堵上，又把坟墓四周的草拔干净。

我没有哭，那是因为我不难过。当然也没有笑，因为我也并不高兴。

回到招待所的时候我的妹妹正坐在沙发上等我，就是那个跟我叫二哥还差一点儿嫁给我的那个姑娘。

她说："一大早你跑哪里去了？"

我说："你还记得那个叫李晓红的女学生吗？"

她看着我，我也看着她。

"你去烈士陵园了？"

"她的坟已经给什么东西快挖开了。"

"二哥……你不是想……"

我点头。

她说："行！我找人弄些水泥，我们一起去……"

　　那以后已经过去快20年了吧？这中间我还回过家乡两次，但再没有去过烈士陵园。

婚礼和随礼

那年冬天我的一个中学同学结婚了。结婚前他写来信说必须要结婚了，再不结婚孩子都出来了。

我的同学要娶的姑娘也是我的同学，不是一个班的，外号吕马列。这个外号说明她很能辩论，马列学得好的人都能辩论。他们两个未婚先孕的，为了这个，原本反对的双方家长就都同意结就结吧。那年头不比现在，先怀孕后结婚就像干了什么见不得人的事情似的。现在不一样，不流产几回就像你没有生养能力似的。

我读大学之前就和这个同学在一个工厂上班，都烧砖。我们一起参加首届高考，他没考上。送行的时候几个工友在一起喝酒，说了许多话，核心是"苟富贵，无相忘"。那天晚上他只是笑呵呵喝酒，后来他吐得天昏地暗的。我从来不喝酒的，所以几个人中间就我还能动。我就给他收拾，一边收拾一边眼泪就下来了。老洪知道他怎么回事。

他名字叫姜波。

姜波在我们这个中学里绝对贵族：上海的祖籍，老爹革命革到东北就在开通当官回不成上海了。那年头他家就吃火锅，吃小盘儿炒菜，每顿饭还要喝汤。姜波长得精神，大脸盘大眼睛那种。他与我们这些当地孩子最大的不同之处是每个星期都要去县里的澡堂子洗澡，还不怕热，在那里边泡啊泡的，不到一个钟头不出来。我可没那本事，泡儿分钟就觉得快闷死了。我们这些孩子都喜欢去水泡子玩水，顺便也洗澡了。冬天基本就是个干靠，所以身上都是皴。屁股蛋子和大腿一带更严重，成了文明人儿以后生生搓掉了不下几十层皮才平整。

我上大学以后姜波依旧在砖厂上班，后来那个砖厂倒闭他就去了体校。姜波怎么和吕马列好上的几十年以后还是秘密，怎么问都不说。反正当时我们这十几个最要好的伙伴基本都反对，主要理由是吕马列的个子太矮，骑二八型加重自行车——她上车的时候要右脚先站在车蹬轴承上边，左脚在地上一蹬，再一蹬，再再一蹬，再再再一蹬，起码要蹬上十几下才能坐上去。下车的时候往往要给自行车带着噔噔噔跑一段才能站住："洪峰是你啊！"

遇着别的同学也这么招呼："小芳是你啊！"

同学们还看不起马列的老爹，马列的父亲一条腿拖着走路，每天都赶一辆毛驴车收破烂。吕老头厚嘴唇往外翻，看上去是挺别扭。但这个老头对我们非常热情，总是呼噜呼噜喘息着给这些晚辈弄水喝。

同学们嘲笑马列上自行车的样子，还夸张地模仿。姜波就是跟着笑，什么都不说。也有同学嘲笑吕老汉一拐一拐走路的样子，姜波还是光笑不说话。

这中间姜波到长春办事，他让我陪他去百货大楼买衣服。他选了半天把一件深蓝涤卡上衣买了了，我说："你穿这个有点大吧？"姜波说："不大不大。"

离开长春那天我送他去火车站，他把蓝涤卡从书包里拿出来，说："还真是大了，你穿吧。我看你穿正好。"然后他就挤进人群进站了，连脑袋也没有回。

那是我在大学四年里最好的一件衣服，其他衣服基本都是带补丁的。毕业二十几年了，这蓝涤卡学生制服还在。只是颜色不那么蓝了，边边角角也都飞了。

当姜波把衣服塞给我的时候，我就明白这衣服压根儿就是给老洪买的。

给姜波送什么结婚礼物让我和妻子挺犯愁，姜波放下话说不许我随礼。他的意思是你刚刚毕业，家里父母身体也不好，我只要你来参加婚礼。

和妻子商量了一阵子，最后决定还是得买点儿什么心里才踏实。我们看好了一个衣架：不锈钢的，看上去非常精神。我当时的工资是每个月44元5角，我们用掉了大约46元。妻子没有意见，她知道我和姜波之间的所有事情。我还觉得不行，但实在是没有钱了：那会儿1元钱的积蓄也没有，都是当月工资当月花光。买完衣架，我和妻子只能靠她的22元月薪过这个月了。

我扛了衣架坐两个小时火车赶回开通，姜波看见衣架，说："挺好看。"马上组装起来立在衣柜边上，转半圈看看，说："挺好看。"

婚礼的当天姜家根本就没有人来，除了吕家数量不多的亲戚，基本都是同学。马列走路已经不那么利索了，她穿了一件比较肥大的衣服把凸出来的肚子遮掩遮掩。

婚礼进行中间一个同学让新娘子点烟，马列划亮火柴他就噗地给吹了，又划了他再吹灭。连续划了五六根，都吹灭了。

这时候马列有点恼火，把火柴丢在地上。

大家起哄，我这个同学面子上挂不住了，说：

"有啥呀？有啥呀？前罗锅儿还装啊？"

其实平时大家都习惯了乱说，这种话当着马列的面说过许多次，马列都没有急眼过。但在这个场合说这个，大家马上感觉不对头。吕家的几个亲戚和马列的几个闺中密友立马神色阴暗下来了。

马列什么也没说，转身离开房间。大家透过窗户看见马列捂着脸在哭，几个女同学站在她周围劝。

说过了头的同学也感到犯了众怒，脸红一阵子白一阵子的，讪讪地笑："还真急眼了……"

我们的老大说："你那嘴巴还是嘴巴呀？"

老二说："你啥都说啊？怎么不分时候？"

我老洪是老三，说："老五你平时鬼精鬼灵的，今天脑袋给门夹啦？"

老五红着脸说："我打自己嘴巴行不？"他抬起手就抽了一个，再要抽就给姜波抓住了。

姜波老四，他笑着说："原本也就是这么回事，老五也没说错什么。"

姜波婚礼那天有很大的风，外面的温度非常低。老大出去把马列叫回来，老五就给马列赔不是。

马列说："没啥没啥没……"就大声哭了。

姜波说："哭吧哭吧，就当唢呐了。"

本来不该笑的，大家还是笑了，马列也嗤一声鼻涕眼泪地笑了。

再以后我就没有随过礼，记得刚刚到沈阳一个单位上班的时候，有一个同事准备结婚。各个单位好像都是有某个人专门收份子（随礼金），她走到我的桌子前边说："洪老师你出多少？"

我小声（估计只有她一个人听得见）问："什么我出多少？"

她说了一个人的名字后说："星期天结婚啊。"

我小声（估计只有她一个人听得见）问："他星期天结婚是他和女人睡，为什么要我出钱？"

她看了我一眼，她的眼睛里有怀疑老洪精神病的惊恐。她说："你……不出……就不出了。"

我小声（估计只有她一个人听得见）说："什么叫我不出就不出了？你告诉我，我结婚也是我和女人睡觉，占便宜得幸福的是我不是你，你为什么会愿意出钱呢？你说说看。"

她转身离开，受惊的鸟似的。

再没有随礼一类的事情烦我了。

这样真是很好。

当然了，我结婚的时候只请了自己的同学，双方亲戚和家长也没有邀请参加。双亲们给的钱没有收，两家都不富裕，还是自个儿一点儿一点儿挣吧。

但同学的礼物收了，这属于不收不行的：他们要把婚床占了不许我们睡。

哪个愿意自己的婚床给别人扑腾啊?

搁了你你不收? 不收?

没得说, 一准是二班班长。

讲一个温情的故事

这似乎不是一个应该由男人讲述的故事，男人有自己的性别带来的疯狂和烦恼，也有男性文化本身给他造成的不知天高地厚。你让一个被烦恼和骄狂纠缠的人去思考男女温情和天长地久之间的关系，和谋财害命差不多了。我更倾向于替女人讲话，这是符合时代潮流的做法：如今是一个女人向男人讨还血债的时代，是女性争得领袖地位的时代，也应该是男人向女人心甘情愿赔偿青春损失费的年头和回归母系社会的新开端……我这么干肯定是很温情的。

说起温情的故事我就非常激动和失态，手脚嘴巴都哆嗦。那是在21世纪第一年的夏天，我曾经结识过一个姑娘。我们是在一次什么电视台举办的活动中认识的，她当时是电视台的工作人员，我是给他们捧臭脚的嘉宾，就是坐在前边装腔作势扒瞎唬人的那种混混儿。录制节目的中间我想抽烟，录像棚里不能抽，只能到走廊一头的厕所门口去抽。我正抽着就过来一个高个儿姑娘，她走到我身边的时候拿出烟来，叫了一声我的名字，说："没有想到你会答应参加这种节目。"她把烟一圈一圈吐出去。

我说："这个节目姑娘多，我想来看看，万一能找个对象什么的呢。"

她问："看好哪个了？我帮介绍一下。"

我说："我眼神不行，根本看不清姑娘长得什么样。"

我们就都笑起来，她说："把你的电话写给我。"

我从来不带钢笔油笔什么的，她从T恤衫领口抽出一支笔，说："我这里有。"

我说："写烟盒上吧？"她说："写袖子上。"她把胳膊伸过来。

我一只手拉紧她的袖口，几乎是哆嗦着写上电话号码，不清楚的地方还使劲描了描。

然后我们一起回录像棚子，余下的节目都干什么了，我根本没记住。我一直想着姑娘，我把她的名字忘记了，但记得她伸过来的胳膊和男人的不一样。

后来我们一直通电话，通了差不多三个月。我们经常半夜才开始通电话，一说就是两个小时三个小时。一定是她的温情使我羞愧，因而半年多时间里我也温情得博士似的。她一直说要来看我但一直没来，我一直想去看她但不知道她住在哪儿。她说了她居住的小区，但我找不着。这个城市我很多年没有回去过了，很多地方都变化了。突然有一天她说要来看我，我连忙把猪圈一样的房间收拾了一下，能塞起来的东西都塞了。

傍晚她来到我住的地方。

我出去接她的时候看见她蹲在路边，两只手支着下巴远远看着我走近。她那种样子很让我这种小男人心疼，我差一点儿就要说爱你什么的。但我没说，我知道这样的话不太适合我说，适合演戏的人说。我们吃了一些从超市买来的东西，然后就开始说话。后来她表示很困倦，于是就睡了。我只有一张床，我们只能躺在同一张床上了。后来女孩儿醒了，我当然压根儿就没睡，我的结论是太监才睡得着。我估计她也没有睡着，但她做出了睡着的样子。让人很难堪的是我刚刚产生不纯洁想法，她就醒了。她眯着眼睛看我，嘴巴角儿那里有一种不容易察觉的微笑，她问："你不想睡了？"

我嘟嘟哝哝地说："不想了……"我相信自己的样子一定比较下贱，但那个时候我就是高贵不起来。我喘气都比较费劲，大脑当然供氧有问题；高贵是需要条件的，至少你的肺脏不可以张力不足脑袋不可以缺氧。

后来我们就做醒着的事情。

姑娘在我这里总共停留了24小时，我计算过时间，的确24小时。24小时我们基本没有睡觉，她在醒来之前大约睡了二十几分钟的样子。后来她离开，我送她，步行了一段路然后她乘出租车消失在黑夜里。再后来我一直等，等啊等的，两个月以后等着了她的一个电话，讲了几句英语问候。我很想问问她还来不来了，但她又说了两句英文"迷死油——罢特——鼓得白"，然后就把电话撂了。

我就不再等了。我讲这件事是想说明男人的问题太大，和人家相聚24小时就自满和骄傲了，就以为人家还能来找你。小男子主义总是等人家找上门来才温情，人家不理你就不温情。肯定是要自我批评的，肯定要深刻反省的。我这样做了，很想把自己的体会和自责告诉姑娘，我遇着的难题是：我找不着她了，她的手机早就换了还把家也搬了；我去电视台找过她，她的同事说她已经离开那里去别的什么城市了。

　　我一直记着她淡紫色的旗袍裙，开衩儿比较高，轻风掠过能充分展示性感大腿的那种。那些日子里只要在街上看见衣着颜色发紫的姑娘，我就要跟上去偷觑儿眼。当然都不是她，否则就没有这些抓心挠肝的矫情文字了。

　　我似乎应该继续我的寻找，问题是我不知道这个姑娘的想法，还是停下寻找来想想才好。这应该是如今人们已经习惯的事情，俗话说一个巴掌拍不响，还有俗话说老鸹落在猪身上光看人家黑。我不太清楚男人怎么回事，如同不清楚女人怎么回事，我能清楚的大约还是俗话讲的：谁难受谁知道。我最听不得的就是女人说男人没有一个好东西，好像她和所有男人都怎么着过似的；也听不得男人说女人都差不多，好像他和所有女人都那个了似的。说起来这个世界里除了男人就是女人，如果你对女人总不满意就别找女人，如果你对男人总是横挑鼻子竖挑眼就别理男人。

　　如果我努力让自己斯文一点儿，我就改口说每个人都活得不那么容易，相互体谅点，相互宽容点，别老琢磨对方害你，你老是受害。你就会清楚：所有人，男人和女人，青春的损失、内心的痛苦和快乐都是相互的更是自然法则规定的，真要怪，你就怪上帝为什么把你造成了一个男人或者女人！

寻宝记

我的寻宝是从每天低着头走路开始的。

我希望能在地上捡到钱，这样就可以买炉果吃。炉果是一种烤制的面点，极其粗糙，但那时候是我知道的世界上最好吃的食物。这个心愿没有实现过，一定是那年月里人们都没钱，没有丢钱的机会。

后来我就上山挖财宝。

我的故乡没有山，最高的沙土坨子海拔才154米。去掉平地的那部分，也就是20米上下了。去那个沙土坨子就是上山了。

我不想与其他人分享财宝，我一个人去的，还是逃学去的。我根据自己所能想到的隐秘藏宝处去挖，从中午挖到晚上也没有挖到。我没有清晰的时间概念，当我看不清东西的时候才发现天已经黑了。我又渴又饿又失望，想把财宝拿给妈妈的热情已经没了，我站起来回家。

我高一脚低一脚，每走一步鞋子都陷进沙土里。后来我的一只脚真的陷进地里，一直陷到大腿根儿。我用力拔那条腿，另一条腿噗一声也陷进土里。我觉得有什么东西咬了我的脚和小腿，特别痛。我一声不响挣扎出来，一只鞋也掉在那里面。我顾不了那个了，我疯跑。不知道摔了多少个跟头之后终于到了山下，我趴在地上喘息。然后我发现自己的裤子湿漉漉的，我吓尿了。

怎么回到家里的记不得了，进屋就看见了我的班主任老师，接着我看见八仙桌上放着我的书包。我记得很清楚，我的书包明明是挂在树上的，真不知道老师是怎么找到的。

那天晚上我居然没有挨揍，大概是我的样子太惨了。

第二天，我带了两个同学去沙坨子。我找到了我掉进去的那个窟窿，我们挖开。然后我们就跑了，拼命跑。

那个窟窿是一个年久塌陷的坟墓，里边是白花花的骨头。

后来，后来我终于推演出小腿和脚上的伤是死人骨头造成的：我后陷进去的那只脚踩到了骨头，骨头一端突然翘起来了……我的鞋子还在里面。

说明一下，我是捞出鞋子之后才跑的。

鞋子是无论如何不能不要的，我们这些穷孩子，每年就只有两双鞋。

一双胶鞋，一双棉鞋。

那一定是春天

那一定是春天，春天的土地开始出现青草的时候，我经常和伙伴们趴在地上寻找一种叫"罗锅"的小虫子。那种小东西大约一厘米长，有很尖利的小牙齿，背上长着一个小肉包包，它的名字就是根据这个小肉包包叫起来的。要找到罗锅不是很难，它们一般都隐藏在一个垂直的小洞里边。那种洞大约一两毫米粗细，大部分洞穴都在很平坦很坚硬的地面上，周围一般都不生草。找到那种小洞口的人都会咋咋呼呼一阵子，等同伴们都知道他找到了罗锅之后，再把一根青草塞进去，青草必须是那种很嫩很嫩带鹅黄色软根儿的碱草。想起来钓罗锅的过程就像进行一个完整的仪式：先把草修整好，必须把很硬的部分剥去，只留下青嫩的部分；再把草小心地顺进小洞，然后趴下手掌有节奏拍地面同时跟着拍地的节奏开始念："罗锅罗锅吃青草，罗锅罗锅跑不了。"当青草芽晃动的时候，向上一拉，罗锅就被钓出来。

罗锅一直咬着草根儿，出了洞口还咬着。在春风里它看上去和我们一样冷，扭呀扭的掉在地上一动不动了。

我们一个一个把罗锅钓出来，把它们装进一个小瓶子，拿回家里喂鸡。

真实的情况是在野地爬上一天也钓不出很多，但我们对钓罗锅的热情从来没有下降过。每年春天一来,首先想到的是钓罗锅。如今想来那的确是一种春天才有的特定的游戏,也是一种伙伴之间的比赛。

当春风起来的时候,漫天的黄沙很快就一片一片掩埋了草芽,罗锅洞也被沙子掩埋了。鸟群每天飞过去,停留在远离县城的树林里。要捕捉他们比以往要难上许多:主要是因为缺少水。我们一般是把夹子和扣网(一种在大夹子基础上改装的东西:四周用细铁丝编成网,用它来活捉吃虫子的鸟)埋在水边,销子上套着活虫子。饮水的鸟看见虫子就要吃,一下就扣在铁网里或者给夹子夹住。捕到的鸟我们就用柴火烧熟了,蘸一点儿盐;最好吃的部分是胸脯和两只腿根儿,那里的肉比较厚,能深刻感受到吃鸟肉是怎么回事。

冬天的时候就完全不同了,有专门用大线网捉鸟的人。他们身上穿着白色伪装,选好鸟群的聚集地,把大网支起来,然后很耐心地把鸟群一点儿一点儿朝网里赶。一直等待鸟群进入大网的包围圈,突然哇哇大叫着跑向鸟群。突然受惊的鸟们纷纷起飞,噼里啪啦就给大网套住。捕鸟人一边喊叫一边从两边朝中心收拢,他们一次就能捕到上千只鸟。捕鸟人把这些鸟拿到集市上去卖掉,城里人把鸟买回来油炸啊火烧啊,反正是很有营养的食品。

那些年头鸟真是多,每到冬天就铺天盖地在雪地里寻找食物,也就是在冬天人们才可以大批捕到它们。冬天还是捕捉野鸡和野兔的好季节,把套子下在兔子和野鸡经常往来的路上,虽然成果不会太显著,但对于业余猎手来说是可以满足的。我的一个表姐是县里民兵大比武的神枪手，她去林区上班的路上一枪打死了一只狍子，姐姐把狍子皮拿回来给姥姥铺，不知道什么时候就没有了。

春夏的季节人们就不狩猎了，也就是孩子们用夹子和弹弓去对付，根本打不到几只。我自己的记忆是每年春天夏天都拿着弹弓打鸟，经常因为打鸟迟到或者旷课。就是这样倾心尽力，也没有打到过几只，算起来总共就打着过两三只吧。最惨的一回是把书包挂在一棵树上就去打鸟，追来追去就远离了书包。那天我生平第二次打到了一只叫"柳树叶子"的小鸟，回家的时候才想起书包还在树上挂着呢。我找啊找啊没有找到，但我必须要回家了，虽然我不知道该怎么和爸爸妈妈交差。

回到家里就看见我的班主任老师坐在椅子上和爸爸说话，接着我看见了放在八仙桌上的书包。我那会儿感觉自己就要死了，整个人连站都快站不住了。

老师说了什么爸爸说了什么我都没有记住，我只是猜想老师走后爸爸这次会拿什么东西打我：皮带？棍子？鞋底子？反正什么都够受的。

说起来很奇怪，我记住了童年的很多事情，但就这一次我回想不出爸爸是不是打了我、拿什么打的、打到什么程度。

东北的春天也因为地域的不同呈现出完全不同的样子。我的故乡每到春天就开始刮风，如果此前的冬天没有足够大足够厚的雪，春天的风很快就把土地里的水分吹干，种田时就会很麻烦。春旱在我的故乡是非常残酷的，一年的收成都可能因为春旱受到巨大影响。说到底人类还必须依靠大自然的恩惠程度去体会生命的尊贵，一旦天灾降临，我们只能祈祷。

儿时钓罗锅的游戏慢慢地让我知道罗锅多的年头年成就好，一旦很难找到罗锅的洞穴，这个年头多半要大旱。大旱之年在春天的最初显现是青草芽不是遍地可寻，土地格外坚硬，手掌拍打地面的时候也更加疼痛。

虽然从来没有在真正的乡村生活过，但只要冬天很少下雪，我还会担忧起第二年乡下的年成。我注意到去年冬天不仅雪下得少而且温度高得离谱，我开始担心今年会有什么大的自然灾害。生活在城里的人大概很难感受乡下人面对灾害时的那种无奈和恐惧。乡下人的全部生活资源毕竟要指望土地的产出。

800 元的故事

说一件事，它曾经是不在记忆中的旧事，30年前的旧事。在今年，2018年，旧事意外地变成了眼前的事。因为它不在我的记忆中，因此对我产生了很大的冲击。

1988年，我的一位不曾谋面的编辑Z突然写信说她需要一笔钱救急。我问需要多少？她说很多，你能借给我多少？我说我只有800元的存款，估计帮不上多少。她说太好了，这已经很好很好了。我就给她寄去了那800元钱。

那一年，我的工资大概有70多元（记不太准了，我说的只多不少）。

一晃就到了2018年。

我十分尊重的一位大姐，也是我曾经的责任编辑突然和我微信联系上了。她跟我说Z一直在找你。我一听很高兴，问大姐Z不是出国了吗？大姐说早就回来了，现在有一个很大的公司，干得风生水起。文化人都耻于谈钱，我明白大姐的意思是Z有了大钱。我说好啊好啊再好不过了。

Z和我加了微信。

我们开始聊天。

相互问候了几句，她说我一直找你，我借了你800元钱，我要还你钱。

我说不要还了，我也没想过要你还。

她说那可不行，滴水之恩当涌泉相报，更何况当年你帮了我的大忙。

我说时间过得真快，一晃几十年，你还好吧？

她说我很好，在北京做公司。

我说真是很好，替你高兴。

她说我们先不说这个，我把钱还你。

我说真的不用还，我们都不缺那点钱，大家都过得好，比什么都重要。

她说那不行，这笔钱不还，我一辈子心不安。

我说没什么不安的，几十年过去了，就当作一个美好的回忆。

接着页面中就出现了一个红包对话框，上面注明2000元。

我把正在写的话删掉了，改写成：即便你要还，为什么是2000元？

她写：总该付利息的吧？

我说我不会要的。

她一定要我收下。

我没有说话也没有收。

后来她说反正这钱你得收，要不等过春节的时候算我给珞妮的红包。

我说珞妮不收红包。

结束对话后我很长时间缓不过来，心口堵得厉害，有一种被侮辱被伤害的感受。这种感受坏极了，哭的心情和骂人的心情都有。然后我就上网去查1988年的800元相当于2018年的多少钱，其实我不用查就知道，我只是想查。

我想了又想，把Z从我的微信好友名单中删除了。我决定：有生之年再不与这个人产生任何交集。

和 800 元无关的故事

这个故事和此前那个800元钱不相干，它发生在我到云南之后。2005年到2010年间，家人治病和建房子，差不多耗尽了我的积蓄。那时候感觉每一元钱都能派上大用场，其实也就是缺钱。偌大的房子总要做一些内部简单装修，要种地就需要流转更多的土地。好不容易通过农村信用社贷了20万块钱，又返回沈阳办了一张信用卡，接着把沈阳的房子也卖了。2011年沈阳的房价正处于上升期，朋友们都劝我不要卖。我还是把它卖了，第一时间把农信社的贷款还了。我特别怕欠债，在这一点上一直属于保守派。接下来我借了两笔钱：同济大学陈教授的5万，用来临时堵住信用卡的透支。大学同学丽丽的5万，这笔钱添加进来付土地流转补偿款。

陈教授的钱短期借用，信用卡的资金补足了就立刻还了。差5000元，陈教授说这笔钱就当作她和家人来云南旅游住在我这里的费用。我知道她就是想支援我，我接受了。后来我一直找机会回报，她不接受。我也没有经常提起，这会让我们双方都尴尬。我和珞妮妈妈商量找个时间去一趟上海，带珞妮去玩的理由最好。我不会还那5000块钱，会以彼此都感觉舒服的内容表达我们的感激。

我给丽丽打电话，说我现在钱紧，你有没有办法帮我？丽丽说我有5万存款可以给你，行不行？我说行，但我估计不能很快就还给你。丽丽说不还也行，反正我也用不到它。第二天钱就到账了（丽丽是定期存款），这笔钱我用了将近三年才还给她。我不能只还给她本金，但我又不敢给她太高的利息。我知道这不是利息的事，这份信任和情感不是多给几个利息就可以偿付的。给她打钱之前的那几天，我想了很多方式，都觉得痕迹太重，弄不好就亵渎了我们之间这几十年的感情。于是我决定只给她5万，我想总能找到更好的机会，只要我们都还活着。

突然有一天她打电话问我是不是只有在云南才能买到好滇红。我说应该是的。她说父亲随大军进军大西南的时候喝过滇红，现在喝她和家人买的滇红，认定是假的或者差的。

我在大学毕业那年见过丽丽的父亲，是个老红军。高大挺拔，脸黑黑的，笑的时候眼睛眯成一条缝。

我说你别着急啊，我马上去昆明找，找到了，第一时间就寄过去。

我认为可以为丽丽做点儿事的机会来了，我买了一斤滇红，不到3万块。这是我当时可以承受的最高价格，再贵的，真买不起了。

一个月后，丽丽再次打电话来。

她说："我爸品了一口，很夸张地大声说：'这才是真正的滇红！'"

丽丽的爸爸是一个星期前去世的。

丽丽说："谢谢你洪峰，爸爸临终前终于喝到了他想喝的滇红……你替我尽孝了……"

我们两个人都哭了。

不是记忆

一方水土养一方人，不论你走到哪里，这份水土给你的痕迹都会带着。几十年来这里住几年那里待几年，自己以为南腔北调的已经把乡音丢了。但只要和外乡人说话，人家就指着你说："你是东北人。辽宁还是黑龙江？"

我说："吉林人，吉林通榆人。"

"通榆？没有听说过。"

"在吉林省西部，科尔沁草原东部。"

我只在家乡生活了18年，但这18年对我来说就是一生。一个人在哪里度过了他的童年时光，他的一生就被那种最初的记忆固定了。许多进了大都市的人试图抹去他身上的乡土气味，但往往不能成功，究其原因还是生命中最原生的部分将伴随你到死。不要对你贫穷的故乡羞于启齿，保持你对故乡的记忆、为自己能降生在那个上帝指定的地方心怀感激，大概可以使一个人的生活安静和踏实。

每个人对故乡的记忆不同，我记忆中几十年前东北的天气比现在要寒冷。秋天刚刚来了冬天就到了，冬天一到日子就不那么好过了。那时候棉布不好买也没有钱，所以还不时兴穿内衣。但光着屁股穿棉衣不科学：生虱子咬得痒，寒风从领口袖口裤脚钻进衣服，很容易就哆嗦。直到上了初中才有内衣穿，但换洗的次数有限，照样还生虱子。到如今也不太清楚为什么生虱子，大概是个人卫生条件不好吧。我们班级也有富裕人家的孩子，经常换衬衣，人家就没有虱子。1976年冬天我进城建局砖厂当勤杂工的时候，冬天就用绳子把棉袄扎住，这样能抵挡一些风的入侵。我教过的学生在街上遇见他们曾经的老师，基本上都躲着假装没有看见。

上大学的时候情况也没有什么改变，虽然有衬衣穿，但换洗的次数有限，整个寝室的人差不多都生虱子。每天晚上睡觉之前大家就躲在蚊帐里边抓那东西，经常能听见很响亮的爆破声。有不服气的就说："多少文明点儿！弄那么响亮干什么？你以为就你能响？"接着就一片噼噼啵啵的声音。那种声音很难说动听，但很解气。

记得一天上课的时候看见一个女同学头发上有一只虱子，但不敢提醒她也不敢替她抓住。那东西从她的头发掉下来落到衣领上，然后又慢慢爬回她的脖子上然后不见了。

通榆是个半农半牧县，有科尔沁草原还有一条霍林河。浪漫主义说法是千里瀚海，现实主义描述其实就是盐碱地。我十几岁之前那里有很多野生动物，早晨起床跑到房后拉屎经常能看见狼屎：灰白色的居多，有一些没有消化的毛和碎骨头。鸟啊兔子啊狍子啊野鸡啊，很多很多。中学同学胡永才的爸爸专门卖熏兔子，老胡头剃秃老亮，脑门油光光的。他把兔子也熏得油光锃亮，黑红黑红还透黄。他家住老市场临街的房子，一到夜晚你老远就看见小橱窗里的灯光。那时候觉得"胡闹"（永才的外号）真幸福啊，但殊不知他也很少能大口吃兔肉。

爸妈都没有工作了，卖熏兔是为了换钱养家。

离开家乡许多年以后再回去，就看不见野生动物了。

"现在是兔子不拉屎了，连只家雀也快看不见了。"我的同学说，他当时在业余体校当校长，

又过了几年，和同学通电话的时候问他："现在家那边是不是更加光秃秃了？"

同学说："现在又开始种草了，兔子野鸡也多起来了。"他这时候是县广播电视局的副局长了。

中学的同学要好的有几个，他们大部分留在了通榆。这些同学属于混得不错的一伙，大大小小都做公务员。如果没有什么特别的事情拖累，我们就会见面。时间久了看不见他们，我的心情就有些问题。最主要的问题是不能很好地写作，写出来的东西总觉得缺点什么。这种时候我就要找机会回去，回去之后大家就要在一起聊天，就仿佛又回到从前了。不知道其他人怎么对待自己的从前，反正我就是喜欢从前。不是现在喜欢，是一直喜欢。所以我说我这个人把自己的童年和少年当成一辈子度过了。现在和此后的日子究竟意味着什么，不怎么想。

到了省会城市之后还是经常回老家，还是见那几个同学，还是说那些每次相聚都说的话，但每次都觉得新鲜和快乐。然后脑袋就比往常好使，写作时的感觉也不错。应该说几本好书都是在这种状态下完成的，故乡成了我的灵感之源。

生命的过程太快，孩子的时候经常想象2000年会什么样子，但这个年份马上就来了。教师节给初中的班主任金老师打电话，老师说："已经70多岁啦。"我马上意识到自己也直奔

50岁了，又想到我的父亲同学的父亲或者母亲先先后后都已经离开了这个世界，还想到我的同学也有提前离开的……生命就是这样在不知不觉中完成了一个一个又一个过程。你的一生似乎经历了很多，但能回忆的事情却总是稀少得可怜。

对于我自己来说，大概自从出现在那个地方就再没有离开过。我在云南时间久了，就想念东北的大酱，我的同学张波就把他妻子下好的大酱用塑料桶装了发运过来；还想念那种黑乎乎的荞面条吃，想念只放酱油和韭菜花的轧饸饹……反正都是早年吃过的东西，现在的年轻人连看一眼都反胃。

我说："是不是该死啦？要不怎么老想那些东西？"

张波说："小时候吃什么香，年纪大了就想什么。都这样。"

和同学通话说他们要是有时间就来云南，到这里玩玩也不错的。同学说："不行啊，假期太短了，走不了。"

我说："那就过些时候吧，你们来不了，我回去。"

同学说："还是你回来吧。"

我说："好，我回去。"

那年夏天，在上海

人老的标志是能记住很久以前的事，却记不住眼下的事。庄主属于混搭，很久以前的事记得清楚，眼下的事也记得住。

1988年夏天我去上海，第一次去上海。

大概是因为一直不喜欢都市，大上海对我来说和其他城市没有什么不同。

程永新接待的我。我一直很喜欢这个人，需要说明我的喜欢不是那种怀有爱情的喜欢，只是一个男人对你认识的一个人评价很高的喜欢。印象中那时候《收获》也不像今天这样有钱，他们和上海市作协在一个楼里办公，地址是上海市巨鹿路，门牌号我忘了。这个和年纪无关，我对数字不敏感，一直记不住门牌号。或许，那个时候我就已经老了，31岁。

他请我吃饭，这是常规。虽然人们都说上海人节俭，但上海好男人还是会请朋友吃饭的。也许是另外一种关系也决定了他会请我吃饭，那就是他们去东北的时候我一定会请他们吃饭。东北男人请朋友吃饭基本上会倾其所有，搁谁都会感动。

他请我吃饭，记忆中还有程德培和吴亮，还有陈思和。说好了蔡翔也参加，临时有什么事情来不了了。上海人有教养有礼貌是真的，他让程德培代他转达歉意。这几位都是我很尊重的批评家，当时批评界中上海帮和李陀率领的北京帮分庭抗礼。我喜欢上海帮的原因是他们不像李陀帮那样想一统江山，他们以讲理为主，不搞唯我独尊。更主要的是他们不会像北京人那样，看谁都是下级。李陀在当时被称作陀爷，他说谁好就是好不好也好，不好就是不好好也不好。当然了，上海帮有自己的文学标准，陀爷领导不了他们。上海帮看重技术派，这大概属于文化传统，南方的批评家和小说家都更讲究写作技术，也因而被北方的同行吐槽为小家子气。我一直不这么看，原因是我最反感的是煽情，这恰恰是北方作家帮（作家和批评家的统称）所擅长的。

扯远了。还是说吃饭的事儿。

不记得饭店的名字了，我关注吃不关注饭店叫什么。高雅的人不会特殊关心吃什么，他们注意在哪里吃。仅从这一点来说，我就已经暴露出山里人的特征。

记忆中是很大一张桌子，我们几个人稀稀散散坐着，两个人之间的空间足够打猴拳。

我说过我是第一次去上海，不清楚上海人吃饭的习俗。我看见巨大的餐桌上摆着六七个菜盘，每个盘子里的菜都勉强覆盖了盘子底儿。我就问：这点儿菜不够吃吧？

程德培说还有，还有。

我很快就吃光了几个盘子，果真还有。他们几个基本上没怎么动筷子，一直在谈新小说。陈思和慢声细语多是书面用语，吴亮语速极快新术语多。和这两位相比，程德培更像聊天。程永新不怎么说，他更多的是招呼我吃菜吃饭。

后来，我吃饱了。

程永新问是不是再来点儿？

我说吃饱了。

这时候程德培说：洪峰啊，你一顿饭吃掉了作协批给我们的两个月的接待费啊。他说这番话的时候两手握在一起用力扭，痛心疾首。

程永新连忙说洪峰身体壮，食量肯定比我们大。

陈思和微笑着，他的确应该当教授。

吴亮哈哈哈笑起来，他说洪峰，我喜欢你！

其实我也不清楚他是说真话还是调侃我，但我一直喜欢吴亮是真的。这人是个天才，他的文章才华横溢。2006年我出事之后，突然接到了他的电话，他说洪峰我是吴亮！洪峰啊，有事要说话呀。我这几年一直搞艺术鉴赏和收藏，手里还有点钱，你给我账号，我给你打过去。那时候我已经离开这个圈子十年多了，都不知道他怎么找到的我家的电话号码。

放下电话，我的眼泪就下来了。

总扯远，人老了都这样。

我们还说在上海吃饭的事儿。

程永新有点儿难为情：呵呵，这顿饭是我们两家合请的，真没钱。

我很狼心狗肺地居然没有愧疚感，我只是想，找机会我请他们好好吃一顿。

除了程永新，和其他几位是唯一的一次见面。

那之后还去了几次上海，但都是匆匆而过，没时间见面。

1995年开始，我就进山了。中间只是回沈阳述职，很少去其他地方。

今天早晨醒来得早，不知道怎么就想起这件事。我想，如果可能，我得找机会请他们吃一顿饭。这笔账欠得太久了，不抓紧吃，说不上谁就死了。当然，要死也是我先死哈！

我的炒股史

我是1998年开始进入股市的，此后的八年多时间里我陆陆续续投进去二百多万，前前后后赔了大约70%。我没觉得很心疼过，因为钱来得很容易：写书写球评。更主要的是我善于自我安抚，我跟自己说你就当压根儿没有那些钱。我真这么想的，所以不心疼。我的金钱观一直是这样的：你需要的时候，一元就是一百万；你不需要的时候，一百万也就是一元。那几年，我不觉得自己需要钱。好吧，告诉大家最真实的原因：我离婚之后突然意识到自己活得特别窝囊特别亏，我突然想我得给自己花钱。正好我的两个老友也炒股，听他们每天炫耀战绩，我特不服。大家应该知道我为什么不服，庄主不说透。

一路赔钱，一直赔到2006年，我的账户里只剩下不到三十万市值。原本还会多剩一些的，但那几年我特别需要钱了，不得不忍痛把股票卖掉一些。我知道股市不会永远这么低，只要不卖，它就是个数字，和现金无关；但你卖了就不是那么回事了，就是真的赔钱了。

那个疯狂的大牛市我也是受益者，我的那只股票从两元多一直涨啊涨，涨到了将近十五元。

十年之后我又赔了，现在亏损30%。

珞妮妈妈想起来就抱怨，想起来就念叨。我也找不到什么理由去说服她，真没啥理由。

有一天她又念叨。

我说：燕儿啊，我们要懂得感恩。想当年如果不是这个股市，我们会是什么状态？治病盖房子，想都不要想啊。现在赔的钱，我们为什么不把这看成是一种感恩回馈呢？

她瞬间无语，想了一会儿，说：那你不要再往里投钱了好不好？

我说好，就这些了，亏了赚了再不投了。

无论如何，我希望股市能够向好。这取决于整个经济是否向好，更取决于国家有一个公平公正合理的大政策。

其实这都不是我真正关心的，那些钱就当它压根儿没有。撒谎者是坏人，我不做坏人。我真正关心的是耕者有其田，人人有属于自己的一片土地和房屋，行走和呼吸自由而快乐。

生活故事

如果能体味人生，会发现一个人一家人真需要不了很多钱，而且你永远也挣不到自己欲望爆棚时所需要的那么多钱。成为钱的奴隶是可怜的和有罪的，但意识到这一点并不是一件容易的事。

在这个早晨和中午

　　早晨我送完小孩回到山庄，刚刚坐下一会儿，就听见小小孩在二楼的楼梯口呜呜地哭。我走上楼问她为什么要哭？她呜噜呜噜说不清楚。到了她面前我才发现小小孩只穿着小衬衫，光着屁股。我又问她有什么事告诉伯伯。她说找妈妈。我抱起她，小腿凉凉的。那个瞬间我的心脏有点儿疼，我说伯伯带你去找妈妈。

　　小小孩的妈妈已经开始工作了，她说她自己会穿的。

　　我犹豫了一下，还是抱着小小孩上楼。我说不要哭哈，伯伯带你去穿衣服。

　　她不哭了。其实她就是干哭，没有眼泪。

　　进了房间我把她放在床上，从地上拾起裤子。裤子湿湿的，一定是尿裤子了。我问她干净的裤子在哪里？她指了指行李箱。我给她找出一条裤子和一件薄棉衣，帮她穿好。

　　我问她想不想梳梳头？

　　她点点头。

　　我说你要说出来，让伯伯听见。

　　她说想。

　　我说你等着哈，伯伯去拿皮筋。

　　小小孩说这里有。

她到床头柜上找到了皮筋。

我帮她扎了一个双角小马尾。

我问她喜欢吗？

她没有说话，我也没有追问。

我说我们下楼，让妈妈看看是不是很漂亮。

她跟着我下楼，我拉着她的手。小手不那么僵硬了，因此也变得很柔软了，这才是我熟悉的小孩子的手。

她妈妈称赞了她，她很高兴地跑出去了。

我跟阿姨说多做一碗粥，一个茶叶蛋，早饭小小孩和龙一起吃。我在街里吃过了，不吃了。

估计没有人会猜得到，当我给小小孩扎好头发的时候，小小孩的脸上出现的那种光芒——她尽力克制着，但整个小脸儿是那么明亮。

我感觉自己的头轰地响了一下，我知道小小孩整天哭哭闹闹谁的话都不听一脸冷漠甚至充满敌意的原因在哪儿了。这让我非常难受，眼泪在眼睛里转呀转。我忍住了。

我看着她喝粥吃茶叶蛋和鲜肉肠，心里丝丝络络说不出疼痛还是温暖。

中午，我决定带上小小孩一起去学校接两个小孩。小小孩低着头没有说话。我说要让伯伯听见，你想去吗？她说想。她很高兴，但努力掩饰着。她站起来跟我出门，我蹲下：伯伯背你吧。她说我可以自己走。我说了两次，她都拒绝了。我心里有点儿难过，不是因为被拒绝，而是因为小小孩根本不习惯这个亲近的举动。

看到珞妮，小小孩高兴极了。

珞妮，似乎天生就是个姐姐。

我想起我曾经作为书名的一句话：

你独此一人怎能温暖？

我知道以后该怎么做了，小小孩一定会和珞妮一样，和其他孩子一样，快乐……

在这个雨后的早晨

又是一个雨夜。

凌晨四点的时候雨打仓库铁皮顶的声音突然密集起来，卧室里是听不到的，在卫生间才听得到。我睡不着，到卫生间抽根烟，推开窗子就听见了密集的雨声。

很好听，让我瞬间联想起收音机中万马奔腾渐近渐远的声音。

睡了一个多小时，闹铃响了。珞妮不醒，我把手机靠近她的脸，她醒了。

我注意到珞妮妈妈也醒了，就说你今天也起来吧，去送珞妮上学。她没吭声，我坐起来穿衣服，她也坐起来但没有穿衣服。

我心里叹口气，劝慰自己：媳妇儿是自己找的，女儿是自己要的，没什么可抱怨的。

但睡眠出了问题的确是个让人烦恼的问题，白天想睡但很难做到：我总是担心到了时间没人会想得起来，会把孩子都丢在学校让她焦虑不安地等着。我不认为是杞人忧天，因为每次到了接孩子的时间我下楼时，从没有人会提前从椅子上站起来准备出发。

几乎回回如此，让我不敢测试到底会不会出发迟到。

　　记得最初我送珞妮上学的时候，珞妮妈妈很高兴还很感激，我们夫妇一起接送；再后来她偶尔不接送，我接送；再再后来是她偶尔接送，再再再后来她基本上不接送，我去接送。偶尔和我一起接，就会轮到我很高兴很感激，心里像是亏欠了她一样。

　　这就是人性的弱点，每个人都有，都会从不自然到自然到你理所应当到与己无关。我有时候会说她几句，她列举自己是多忙。其实不是那么回事，忙和不忙永远是个相对的关系。比如我的不忙是放弃了自己最心爱的、从事了几十年的事。因为我做的那件事，才成就了我，也才能让一个小我两轮的姑娘死心塌地跟着我。我是一个做得多但很少说的人，利他情结太重的结果是放弃了自己，替对方着想的结果是你不仅在精神上，在现实中的空间也变得越来越小；你打下的基础培植的土壤不经意间提升了你最亲近的人的欲望，培养了精神和情感上自私的人，而且越来越自私。

　　对于自己的孩子，给他们提供衣食无忧的生活是不该受到批评的。但大部分富有家庭的孩子与父母之间的情感都很淡漠甚至会有些许仇恨，究其原因，最重要的是你没有把情感和时间无私地和不求回报地奉献过。一切为了孩子其实是自己拼命成就自己的最美丽动听的，也是最伪善最可耻的借口。

　　如果能体味人生，会发现一个人一家人真需要不了很多钱，而且你永远也挣不到自己欲望爆棚时所需要的那么多钱。成为钱的奴隶是可怜的和有罪的，但意识到这一点并不是一件容易的事。也许死前突然明白了，晚了。

人经常这样，口中一边叙说着美好的事物，一边离美好的事物越来越远。

在这个清晨突然想了这么多，一定是因为下了一夜的雨。其实不是，我时不时就要想。记得两个人有时候吵架珞妮妈妈会提出离婚，当然没有离，我也早就想不起来离和不离的理由是什么。但我知道如果有哪一次是我提出离婚，理由肯定只有一个：我不想为了挣钱活着，更不想为了挣钱度过没有温度的人生。

早餐时拉响的铃声

早晨起床后珞妮自己下楼了，我抓紧时间和珞妮妈妈讨论了一下男孩的治疗问题。她说其实问题一直很严重，本来昨天想做个检查，但会泽做不了，找时间去一趟昆明才行。我说不用着急，谋事在人，成事在天。

又说了说经营和人员调整的问题，结论是要坚持户枢不蠹、流水不腐的方针，不能给任何人造成误解：离了我不行。这个教训很深，不能吃一百个豆儿不嫌腥。一旦有这个苗头，即便运营休克，也不能迁就。

这时候阿姨敲门喊我下楼吃早饭，我下楼。

还在楼梯上，就听见男孩不耐烦的声音：你快发筷子啊！下了楼，看见珞妮在发筷子。

我坐下来，看着珞妮盛粥。

她给小小孩盛了粥，把粥碗递给小小孩，小小孩不接。

我说你可以放在桌上，让她自己拿过去。

小小孩噘着嘴把粥碗拉到自己面前，很恼怒地说：你给我的粥太少了！（后来，她没有吃完那些粥。她根本吃不了那么多。）

珞妮想再给她添粥，我说不要添，吃完了再添不行吗？

我犹豫了一下，还是决定当着男孩和小小孩的面说清楚：

珞妮，你并没有义务给他们做这些事。这是你的家，你可以友好，也可以拒绝给他们吃饭。不要这样没底线地为他们服务，被抱怨也没有反应。你可以有自己的不满，你甚至可以说：爱吃不吃，不吃就离开！

珞妮点点头，问：爸爸，什么是义务？义务就是必须做的事。和他们在一起的时候，你没有必须要做的事。

我问男孩和小小孩：你们听见我说的话了吗？

他们回答：听见了。

记住，没有谁理所应当地该为你做事，你可以一点儿都不感激，但没有理由抱怨。

他们不吭声，我估计没听懂。

珞妮听得懂，因为从她刚刚可以和我对话的时候起，我就是这样灌输的。

我清楚这个常情：孩子都是自己的好。我认为是毛病的，别人可能认为是优点。我没有资格和权力去管教别人的孩子，我只能管教自己的孩子。虽然家长们会说庄主你怎么管都行，但我要是当真那就是母猫倒上树了。

庄主做事历来不求完美更不求让别人满意，我只求无愧于心的同时自己不受委屈。如今，我更不能为了别人高兴让我的女儿做烂好人。

我想我会再给两次机会，如果还是别人为他们做什么都理所应当而且颐指气使，我就让他们跟着员工们去吃饭，我的餐桌不再给位置。

孩子，原本是无罪的……

下午，等到马格的年级下课，我们离开操场往外走。

珞妮说：爸爸，我的作业都已经做完了。

我说好啊！回家继续往后做。

为什么呀？我都已经做完了啊！

你忘记了？我们要离开会泽一段时间，你如果和大家一样做作业，回来时就会被落下了。

噢，是的，我还要去剧组。

是的是的。

爸爸，你把我的身份证复印件粘到合同上，寄给剧组吧。

这个没问题。其实我们直接带上它也可以，反正是要见面的。

好吧，不要丢了就可以。

不会丢的，这是你的第一份合同，就算是爸爸丢了也不能把它丢了。

爸爸怎么会丢呢？

爸爸是夸张的说法，是要说明这份合同对你对爸爸妈妈都很重要。

我们上了车，珞妮叫我：爸爸，我跟你说一件事可以吗？

可以，你说吧。

我下午带了野柿子对吧？

对，爸爸觉得你带得有点儿多，估计你是想给同学吃的。

是的，我给我的好朋友吃几个。

嗯，这种野柿子非常好吃，也有营养。

××跟我要，我没有给她，她竟然说要告诉老师。

是吗！你怎么回答的？

我说你想告诉就告诉呗。她就真的告诉老师了。

她是怎么告诉的？

她说报告老师，珞妮带吃的东西上学。

老师是怎么说的？

老师说你管好自己就行了，管别人干什么？

然后呢？

她就没说话，回座位了。

等等，爸爸没听明白。你说她回座位了，这句是什么意思？

我们正在上课，××离开自己的座位就跑前面去告老师了。这太让人奇怪了！

你上课时吃野柿子了？

我没有，是她看到了野柿子。她坐在我后面一排，看到了我的野柿子。她就跟我要，我说我不想给你，她就说你不给我我就告诉老师，我就说你想告诉就告诉呗。

我笑了：学校让带吃的东西吗？

可以带，但不能在上课的时候吃。

嗯，你做得对。你自己的东西，愿意给谁是你的权力。想给谁就给谁，不想给谁就不给。

爸爸，××是不是太奇怪了？她告诉老师，没有说她跟我要我不给她吃，却说我上学带吃的。

奇怪也不奇怪，是跟你要吃的你不给这个理由她说不出口，于是找了一个你可能被老师批评的理由。

她知道她是不对的吗？

爸爸估计她知道跟老师告状是对的，但不知道她跟别人要吃的别人不给就告状是不对的。

爸爸，我不太明白你说的。

爸爸是想说，除非哪个同学无缘无故就伤害了你，比如××扯你的头发，你可以找老师告状，或者干脆就返回身揍她。但绝不能因为自己的目的达不到，比如你跟人家要东西人家不给，就去找老师告状。这样做的结果是不仅得不到同情和帮助，反而让自己蒙受耻辱。

爸爸，我不会那么干的。

嗯嗯，爸爸知道。

没有雪的小雪……

今天是小雪节气。再过半个月，珞妮就是一个年满8岁的少年了。光阴似箭日月如梭弹指一挥间……我们可以找到无数词汇感慨生命的成长和消逝……

放学了，我看到了珞妮走下台阶。她来到我的面前，指了指和她在一起的同学，我明白她的意思是同学的家长还没到。

我说那就玩一会儿再回家。

这一次有点儿久，超过了半个小时。那孩子看上去有些着急了，其实我也有点儿急，我认为珞妮的午睡要泡汤了。

我安慰孩子不要着急，爸爸或者妈妈一定是有什么事情耽搁在路上了。她点点头，然后继续和珞妮玩。

这时候学校操场上总共也就剩下几十个人的样子。我想如果这时候有不轨之徒进来，你同样和人群熙熙攘攘时一样无法辨识他们是不是家长。我问小女孩有没有爸妈的电话？她说有。我说我们给妈妈打个电话，看看她到哪里了。电话通了，响了半天没人接。我说没关系，估计妈妈正在往学校赶，没听见电话响。珞妮可以陪你玩，不要着急。正说着，电话被接起来了。我连忙让女孩跟她妈妈说话，虽然免提，但女孩妈妈说的话我一句听不懂。后来女孩告诉我她妈妈说是她爸爸来接她。我说那就好，可以放心去玩了。

　　女孩爸爸到的时候我很远就推测出来了：因为已经没几个人了。他走近之后我说好了，我们再见吧。珞妮和同学再见，我对男士说：还是不要认为在学校院里就是安全的，进来的人都会被认为是家长，还是需要小心的。

　　他脸上的笑容有些茫然，估计是没听明白我的话：很多当地人对普通话的理解力只比我对当地方言的理解力稍强。

　　这已经无所谓了，他接到孩子就行了。

　　回家的路上，珞妮问我坏人会怎么样偷孩子？我说他们混进学校之后，谁都不知道他们是哪个孩子的家长。你们还太小，没有反抗力。他们可能会用乙醚把孩子的鼻子嘴巴捂住，孩子一呼吸，吸进了乙醚气体，就会昏迷过去。他们抱起孩子离开，然后上汽车，跑掉。现在这些人贩子都是团伙干坏事，不是一个人。

　　珞妮说我小时候看图画书，那些坏人长得特别丑，现在的坏人长得不丑了。

　　我说是的，坏人和长相没有关系，很多坏人长得比好人还好看的。

一套小编钟

在螺蛳湾的五楼，我们在昆明的一家做旧家具店盘桓了一阵子。我们曾经在这家买过一些家具，想再选几样有趣的。

珞妮看到了一套玩具编钟，她拿着小锤子叮叮咚咚地敲。小钟的声音非常悦耳，如果懂音律，一定能敲出悠扬的曲子来。爸爸，你来看看，这么小的锤子，太有趣了是不是？

我说是，太小了。

爸爸，为啥要做这么小的锤子呢？

锤子大了，会把那小钟砸扁了。

哈哈哈，是的。

我转到另一边去看一张圆桌，正在问价钱，珞妮喊：爸爸，爸爸，你来。

我闻声过去，珞妮还站在小编钟前。

爸爸，你看这些小钟，太有趣了。

我说就那么回事吧，也没太大意思。

她噢了一声，没说话。

我转过去继续和那位女店员讨论桌子。

爸爸，爸爸，你过来。

我又回去，珞妮依旧站在那套小编钟跟前，她看着我，但什么都没说。

你想要这套小钟？

我问了妈妈，妈妈说让你爸爸买。

这样啊。可以买，你去问问多少钱。

过了一会儿她转回来：阿姨说58元钱。

我说太贵了，你去跟阿姨讲价，能讲下来我们就买；讲不下来，就不能买。

过了一会儿珞妮回来了：爸爸，阿姨说因为我们在她家买过东西，她才要58元钱，是最低的价了。

我说你去找妈妈，爸爸去去就来。

我找到售货员：你说58元是最低价，我就不会给她买了。你想一下哈，一个小孩儿请求降价，你有更好的选择：要么降价，哪怕是一块钱，也让一个孩子有成就感；要么你不降价但假装降价，那个差额我补给你。目的也是让小孩觉得自己很能干，她的爸爸妈妈就会很高兴。对你来说，生意多出了人情味儿。最重要的是，你的买家继续购买的热情就会提高，这不好吗？

服务员说好。那就50元吧，你不用补差额。

我说还是你去跟我女儿说吧。

售货员找到珞妮，说阿姨把这套钟卖给你，只收50元。这是因为你家是我们的老顾客，阿姨特殊优惠给你的。

珞妮说谢谢阿姨。

售货员说我去拿一套新的给你。

珞妮跟在她身后，一直等到她把小编钟检验完毕，装进袋子。珞妮接过来，抱在怀里。

　　和售货员告别的时候，我说：过一阵子我会来买你的桌子和椅子。

不是葡萄沟的葡萄熟了

黑葡萄干是伊犁特产，并非来自吐鲁番的葡萄沟。究竟哪个地方的好吃，千口不一，没必要较真儿。新疆的自然环境，包括气候和纬度都造就了含糖度比较高的葡萄。与之相媲美的还有云南，得天独厚于高海拔。今天不是要说黑葡萄，但黑葡萄干是说辞的缘起，离了它不行。

珞妮妈妈搞到了一些黑葡萄干，是没有经过防腐处理的天然黑葡萄干。有买家要求上架，我不太赞同。我的理由是全中国卖黑葡萄干的有百万家，何必去蹚那道浑水儿。珞妮妈妈说你吃几个再说。我不喜欢吃葡萄，葡萄干也不喜欢，但还是吃了一个，又吃了一个。然后我说嗯哼，可以上架，但不能很多。我同意上架是它足够甜，酸味儿很弱。

中午珞妮说她不想睡觉。

我说这个没得商量。

她说好吧。

躺到床上也不睡，翻来覆去折腾。

我说我可要打了，闭上眼睛！

她闭上眼睛，几秒钟后又睁开。

此后的时间里，一会儿上厕所，一会儿说晨晨唱歌吵死了，一会儿说星期五了……

这两天作业做得都很晚，怎么回事？

我也不知道，我一直在做的。

闹铃响了，她说爸爸我可以穿裙子了吧？

我说还是穿长裤。

妈妈给我找出来了。

那也不能穿，不能冷到腿。

我们下楼，她妈妈说今天下午可以穿裙子，我给她找出来了。

我没回应，拍拍珞妮的脑袋，催她出门。

送她到学校门口的时候，她说了一句什么。人声太嘈杂，我没听清，我弯下腰听她说。

爸爸，××骗人！

怎么骗人了？骗谁啊？

骗我了。

嗯？怎么骗你了？

她说给她妈妈，但她自己吃了。

爸爸没听懂，你说清楚些。

她说把黑葡萄干给她妈妈吃，但是她没有，她自己吃了。

再说细致一些。

她跟我要黑葡萄干，我不太想给，我已经不多了。她说她要给她妈妈吃，我就给她了。可是呢，她自己都吃了，并没有给她妈妈带回去。她骗了我。

嗯嗯，爸爸明白了，因为她说她要黑葡萄干是给她妈妈吃，你才给她的。

是的。

结果她自己都吃了，她说了谎，骗去了你的黑葡萄干。

是的。

珞妮说这些的时候声音很平静，但脸上的神情是很不高兴的。

我说爸爸知道了，她这样做是不对的。你不要揭穿她，她会很难堪的。

珞妮说好。

我说每个人的言行都会在某一天得到回报，好的回报和坏的回报。你自己那样做就行了，至少不用担心有坏的回报。

她点点头。

和以往一样拥抱一小会儿，我摸摸她的头，拍拍她的后背：进去吧。

我回到家里，把这件事说了。

大家都笑起来。

我问这算不算很大的事？女人们都笑着说不算大事，挺逗的。

我说是大事，怎么不是大事呢？

我说你们平时说起教育孩子都是专家，理论一套一套的，但你们从来不注意细节，细节才决定本质。累积起来的细节要么成就一个孩子，要么毁掉一个孩子。就说今天这件事，看上去的确很小很小，你们甚至会觉得这孩子乖巧聪明很有趣，否则不会笑。我却想到这种小事折射的是成人世界为达目的不择手段的丑陋。很少人认为在生活和人际关系中耍手段是可耻和邪恶的，反而认为是智商高情商高有出息能成大事。

聊天瞬间就结束了⋯⋯

伯伯只能是伯伯

珞妮说：爸爸，晨晨妹妹是听错了。我是跟小西瓜说不跟他玩了，晨晨妹妹就哭着去找她妈妈了。她自己听错了，和我没有关系的。

我说和你有关系也没什么，你想和谁玩是你的权利，你没必要为这个感到不安。

正说着晨晨进来了，她瞪着男孩说：你为什么不跟我玩？男孩没有回答，我估计是因为我在场，他是不知道该怎么回答。

我对男孩说：你可以告诉她我不想和你玩就不玩，我又不欠你玩，你凭什么问我为什么？

日子久了，我慢慢发现晨晨这孩子心里边认定了谁都要为她服务；而且是谁为她做得越多，她就对谁越蛮横不讲理。对她妈妈更是如此，几乎全是抱怨，全是为什么你不为我做这个做那个，就没见过她能对妈妈体贴一点点。

我改变了策略，采取的方式是吃饭的时候不再等她磨磨蹭蹭下楼来，而是大家坐下就马上开吃；她吃饭时东张西望半天嚼一口，以前会催促她，现在我要所有人都不必催促，大家吃完就收拾桌子，菜饭都收走。连续数日却不见成效，我发现是因为她想吃的都给她夹到碗里了，她根本不在乎你收拾桌子。

今天早晨吃饭时已经九点半了，我们几个人下楼开饭，只有晨晨还在楼上磨蹭。我让另外两个孩子不要等，并且把给晨晨的鸡蛋分给了两个孩子。晨晨下来哼哼着爬上椅子，她看了一圈，眼睛停在那个鸡蛋上，嘴巴噘起来。

我说以后你如果再晚下来，鸡蛋没有，馒头也没有。

她不吭气，看着我。这孩子的目光总是让我感受到某种仇恨寒意，珞妮妈妈说是肝肾的问题，治疗好以后她的目光就不会那么凶狠了。

我跟珞妮妈妈说如果我是爸爸，就一定会揍她一顿。以前我以为她缺少关爱，其实不是，是关爱太多而方式又不对，才会这样。但她毕竟不是我的孩子，我所能做的毕竟有限。所谓投鼠忌器，估计不会有太大的作用。

珞妮在成长中同样遇到很多问题，但还真没有遇到过其他几个孩子的这类问题。我想这大概就是差异，差异是中性概念，无好坏无高低无贵贱。但差异体现父母的生活态度，不同的生活态度和你叽叽叽讲的概念完全是两码事。

这就必然回到我经常说那一句话：人们总是一边嘴里述说着最美好的事，一边离那些美好的事远去……

买馄饨，和排队有关

大概珞妮是全班距离学校最远的学生，老师允许不去学校早自习。但珞妮跟我说她还是想按照正常的时间去学校，我理解她的心思。我说爸爸完全支持，但你就要早起一个小时了。她说我可以。

今天早晨，我还是先于闹铃醒来。我这边儿穿好衣服，珞妮那边儿也醒了。闹铃响起来的时候，珞妮已经去洗漱了。

在街边，给她买了馄饨和鸡蛋抓饼。

买馄饨时有了一个小插曲：

珞妮老老实实排队，馄饨出锅时排在珞妮后边至少六七个孩子和家长挤上来。排在第一个的珞妮被挤到一边儿去了，卖馄饨的就一碗一碗盛给那些挤上来的人。珞妮依旧在头一个的位置等着，但卖馄饨的女人对她的第一位顾客视而不见。

我站在珞妮对面给她拍照，这时候说：珞妮，如果这个卖馄饨的一天不给你盛馄饨，你就这样站一天吗？你跟她要！

卖馄饨的看了我一眼没说什么，接着她就给珞妮盛了馄饨。

珞妮和一个抢前拿到馄饨的孩子站在同一道矮墙边吃饭，她的妈妈站在我身边，她是从最后一个冲到最前边拿到馄饨的人。

我对珞妮说：爸爸告诉你什么叫作劣币驱逐良币。珞妮点点头。比如刚刚买馄饨，没有教养的家长带出了同样没有教养的孩子，他们把遵守公德看成是愚蠢和怯懦，他们认为战胜愚蠢和怯懦是合理的和必需的。于是他们总是能战胜你这种守规则有教养的孩子，最后你不得不放弃教养和公德，为了吃到东西去挤去抢。你不这样做，你就可能迟到。本来是她来晚了可能会迟到，但你却不得不为她的不讲公德去买单：因为最后迟到的可能是你，你没吃上。

珞妮似懂非懂，她只是专心吃饭。

我身边那个女人没有吭声，她示意她的女儿跟她走，她们离开矮墙，消失在人群中。

珞妮的同学看到了珞妮，端着馄饨跑过来。

目送珞妮走进教室，我打定主意找机会再跟珞妮讲讲劣币驱逐良币。

生命是一只蝴蝶……

生命是一只蝴蝶，飞啊，飞啊……

我喜欢和尊重的一位老人离世了。

他是一位重病缠身的老人，倾听他吃力的呼吸，你大概很难理解他挂在脸上的那种平静恬淡的微笑。后来我理解了，因为他是一个数学家，至少是我眼中的数学家。我喜爱和敬重数学家，大概缘于我年轻时的偶像陈景润。在我的世界里，他们是真正对人类的文明和进步有功劳的人，是我等庸人可望而不可即的山顶。

老人退休之后开始研究数论，我知道他已经没有时间和精力了，但更知道他心怀梦想和追求。他和周围的人谈论他的研究，没有人懂，他就不谈了。他跟我谈论，我也不懂，但我知道数论属于象牙塔中的明珠，它照耀着理性和科学的航船。

只要见面，我们都相视而笑。我摆摆手，他也摆摆手。在不是很忙的时候，我都要陪他聊一会儿。听他说数论，还听他愤怒地说一个同样研究数论的人对他的研究报以轻蔑。我跟他说你不要理睬这种科学垃圾，他们只是一些追逐名利的小人。

我是在回家途中接到老人离世的消息的。

我的脑袋出现过瞬间的空白，那个瞬间我想到的是我再也听不到他谈论数学的声音了。那种伴随着沉重呼吸的声音在我耳边响了几次……又一个和我产生过联系的生命消失了。这几年来，我经常会接到这种消息，如此多。

我不能替代他的亲人们去悲伤，但清楚我也在一天天老去，也会在某一天的某一个时刻扇不动翅膀。但无论如何，我想我会和这位老人一样，怀着梦想和追求死去，脸上挂着平静恬淡的微笑。

无愧于自己的一生，最大的可能就是在离开人世的那个时刻……

安息，数学家！飞啊，飞啊，蝴蝶……

幻想不可述说

许多年之后再想起川端康成，再读一读他年轻的《初秋山间的幻想》，我也不由生出了一些幻想。这些幻想该怎样表述才合我的心意呢？

我曾经喜欢的旅行

在名胜古迹和名山大川那里，你会遇见很多旅游观光的人，这些人不辞辛苦地爬山攀石头肯定有某种特殊的乐趣。我曾经在北极村的春节看见过香港游客，都是一些瘦小或者肥矮的人。他们两手抓牢挂在腰间的皮夹子，很紧张地注视四周。香港游客害怕有人抢夺钱包，这使他们的警惕性比内地人要高。但这些不能阻止他们抗严寒去漠河去北极村，去中国北极的愿望压倒了被打劫甚至被劫杀的恐惧。港台旅行者的背包上几乎贴满了标签，那些东西以各种不同的形式标示着他们的所过之地：北京机场的建设费收据、颐和园的门票存根、哈尔滨冰灯纪念小图片……这些人和许多西方人一样，把旅行看成是活力和富有的象征。如今在大陆的旅行者也多起来，很多人家的家庭影集中都能翻出一些留影：天安门城楼下边、泰山极顶、神女峰远景、丽江、大理……这些也无疑成为一种标志，一种被同事和朋友认同的方式，也表明是符合生活潮流的方式，很少有人会去追索旅行之外还有什么其他念头。旅行就是要得到一种快乐和放松，对终日劳累的人来说，还有什么比这个更惬意吗？

我要说的是另外一种旅行。它可能是一种不那么健康和阳光的旅行：我也会去那些名胜也会去荒山野岭也会去城市都会，但所到之处却很少对留影和观光产生热情，到了一个地方往往住下之后就待在屋子里足不出户了。会偶尔爬爬山钻钻洞，完事之后没有话讲，如同受了一场折磨。这是一种没有丝毫乐趣的旅行。

我曾经喜欢这种旅行。

庐山、长江、滇池、兵马俑、雪山、瀑布……都没有给我留下什么特别的记忆，我的感觉中也只不过是一些石头树木和泥塑还有叫卖。没有特别的刺激留在身体里和脑海中，我的热情来自旅行本身的那种运动和停止，来自那种变化和单调之中：我喜欢火车在黑夜里的叫声和轮船上飘动的臭味，喜欢汽车在山间旋转的迷幻和躺在床上的失眠。这时，我的想象力格外活跃，许多忘记的事情出现在我的眼前，很多淡漠的记忆清晰起来。我的感觉中，旅行途中的孤单和寂寞最能唤醒人的回忆和幻想；陌生的面孔和声响，陌生的温度和气息，都使人对旅行的目的失去兴趣，人的兴致完全偏移到某种内心体验中去了。黄山到了，不想去爬了；北京到了，长城也没有了魅力。坐在旅馆的屋子里看着窗外的山间或者楼顶，就已经想象出你要去的那些地方会是怎样的形象。想到了就已经挺好，何必非要去破坏自己的想象去感受那种莫名的失望呢？这种旅行，对我是最省力的选择，它使我有机会更多地面对自己和天地。

每种旅行都有自己的快乐。我说的后一种旅行适合于一个喜欢倾诉自己的人，适合于一个有自闭倾向的人，适合于那种被人们称之为病态的人。不管怎么说，它是我喜欢的旅行。

故乡飘来飘去，始终不能降落

故乡如今已经没有我的至亲了。

父亲母亲早在1981年就去了内蒙古的通辽，父亲死在那里。那是一个和故乡一样风沙经年不休的城市。

我一直觉得父亲和母亲生活的地方才应该是真正的故乡，于是我试图把通辽当作我的第二故乡。但我没有成功，我没有办法在梦中和它相见。它一直远离我的思念。

1987年父亲在那里离世，1993年母亲随着哥哥去了济南。妹妹如今也在济南生活了将近20年了。母亲去年春节前也去世了，很少听母亲说起父亲，但哥哥说母亲还是想与父亲合葬。这不奇怪，她一定希望在土地下面与父亲会合。既然生前不能共同进退，死后相互关照总是可以实现的。

对活着的人来说，合葬是一种象征：两个装了骨灰的盒子放在一起埋了，你想象他们可以得到新的安慰和幸福。哥哥说他已经把墓地选好，在通榆。初冬的时候他和嫂子一起到了通榆，老燕的治疗几乎每天都要进行，我们只能在家里听消息。

又多出一个问题，济南是不是应该成为我的第三个故乡？很难，哥哥说他很快就要去上海，他在那里有自己的事情。嫂子大概还会留在济南，问题是她距离我的记忆模糊而遥远。妹妹也还在济南，但她有自己的丈夫和女儿，她为自己的女儿儿乎倾注了全部心血，我一直不清楚她到底在女儿身上寄托了自己的什么未竟理想。前两天珞妮妈妈接到妹妹的短信，上边说她的女儿在上海的一次全国性少儿钢琴比赛中得了银奖。难道说我的妹妹曾经想成为一个钢琴家？

我问珞妮妈妈："是自己花钱的吗？"

珞妮妈妈说："只是自己出路费住宿费，再交20元参赛费。"

我说："那就祝贺她吧。"

她就祝贺，妹妹那边就谦逊，似乎所有事情都是发生在她自己身上。我看见过妹妹女儿的照片：不是很漂亮，但看上去不傻。这就行，人不能要求太高。太高了就要心理失衡，成大事就难。

我在通榆总共生活了大约18年，后来在长春大约8年，又到北京4年，又到沈阳，在沈阳期间到云南住了将近3年……几十年的时间就这样瓜分了。

故乡的概念就这样飘来飘去，始终不能降落。

梦里边经常是故乡的乡间小路、青纱帐、大都市的高楼大厦、无声的飞机和奔跑的小毛驴混合在一起，醒来之后总有某种不能述说的悲伤，好像自己被什么最喜欢的人或者事情抛弃了。

这一年的夏天和秋天还有这个冬天，我经常梦见吉林省西部的那个镇子，还梦见了住了18年的土坯房子；还梦见下了大雨，我父亲撑着一把藏青色油纸伞——他脸上流着很多雨水，笑嘻嘻地咳嗽。

醒来之后我清楚那个场面不是虚构的，它是我记忆里的事情。那是父亲打着雨伞去我的班主任老师金耀人家，他私下告诉我的老师，说洪峰的眼睛不好，他看不见黑板上的字，他请金老师在考试的时候写完试题之后把那张底稿给我。许多年前我就是这样上学读书的，我只是听老师讲，就这样听完了小学、中学和大学。我庆幸如今的孩子考试都有印好的卷子，我猜他们中间也一定有看不清黑板的人。还有如今戴眼镜的孩子多起来了，给人嘲笑的机会就少了。不知道这算不算时代的又一个进步。

梦见家乡之后的日子，我就会喋喋不休地讲述少年时的事情给珞妮妈妈听。她这个时候也会说起自己的家乡，她说的那些事情总是让我对她更加心疼，我感觉到那些大山里面掩埋着更多的苦难和梦想。

我知道她和我一样想家，但估计她很难回去：那里的人对亲人的态度比较奇怪，他们似乎更愿意以伤害的方式表达亲人之间的感情。我们所能做的是努力感受家就是两个人相互支持和一同建设的世界，我们只需让这个世界温暖和健康。

我不是很清楚她是不是对我的故乡有兴趣，但这已经不重要了，重要的是我又开始梦见那个地方了。

我开始问自己：是不是又该回家了？

家呢？

幻想不可述说

大半辈子，我阅读了大部分诺贝尔文学奖获得者的作品，并不是每个被称作大师的人都让我拜服。比如说日本人川端康成，我一直不喜欢他的小说。川端康成作品中透出的那股凄清细弱之风总是让我联想到慈禧太后殿边的安德海和李莲英。我甚至很偏激地认定日本现当代文学中的性倒错也该由川端康成负起责任：他毕竟是日本现代文学的首领。

事情总有他的另一面，在讨厌川端康成的同时，我反而对这个日本作家有某种不能言说的敬畏。想来没什么特别的原因：川端康成和那些我格外喜欢的作家一样死于自杀。他和海明威、杰克·伦敦都自己完结了生命，他们麻烦别人都是在死后才真正开始。

这让人产生病态的神往。

我试图寻找出川端康成自杀的理由，这是许多年前干的事情，没有满意的结果。后来有机会读到川端康成的一篇散文《初秋山间的幻想》，终于知道那番寻找属于盲人摸象或者郑人买履，也叫削足适履了。于是寻找自身的原因，开始明白那种寻找源于自己对死亡的恐惧。我本应该知道我一直希望人能拒绝死亡。

1925年冬天，川端康成大约还不能设想自己会在40多年后自杀。那年冬天，26岁的川端康成确信"人类继续存在是庄严不可侵犯的"。风华正茂的作家不仅认为自杀是可笑的，还认为"看见人类可能面临末日的人"是可笑的。川端康成还找到了生命存在的理由：爱。

我们知道，川端康成最终还是自杀了，他似乎证明了自己的推测："人说不定什么时候会从迄今的努力的道路上倒退，犹如投向空中的石子，力尽之后就会掉落在地上一样。"川端康成在1972年掉落在了地上。

任何一个人都热爱自己的生命，都要给自己的生存找出足够的理由，当理由不足以支持自己对抗死亡的时候，自杀就已经开始。我想，川端康成年轻时所嘲笑的那类人，或许是真正意义上的勇士：他们看见了人类的末日，因此想用死去背叛那个末日；他们不再信赖眼前这个世界，因而不肯安详地离开这个世界。但没有人能超越生命经验去反抗遥远的幻想，这使得任何一种自杀都不能摆脱形而下的阴影。许多人会找到许多形而上的理由去注释大师们的自杀，但我们看到的只是一个生命的消亡，或者子弹炸碎了脑壳或者绳索勒断了颈骨，红白相融的脑浆和凸露的眼球伸长的舌头，无论怎样抽象都不能抹掉活人心底的恐惧的悲伤。

我想，《初秋山间的幻想》可以是川端康成热爱生命的最初申明，很难说他的自杀是对自己的背叛。生命如果是个过程（也只能是个过程），那么任何一次有关生死的声明和契约都没有意义。意义仅存于那个独特的过程之中，需要寻找的只是那条路上留下了怎样的足迹。比如说海明威和他的《老人与海》，我能听到的只是一种对生活和生命的呼唤，是弱小的人类对上帝发出的呼救信号。你能被小说的那种稳重甚至显得缓慢和疲惫的讲述刺激出相反的心情，你于是领会了海明威。

在一个人由生到死的过程中，川端康成和海明威、杰克·伦敦是那样不同，他们仿佛生存在完全不同的种群之中，但有一点是相同的，那就是他们都是不能被克隆的一类。因为他们的存在和消失，可以使人类面对上帝的时候不仅仅是忏悔，也怀有一丝骄傲和尊严。于是，我们都有了繁衍和生存下去的似是而非的理由。

许多年之后再想起川端康成，再读一读他年轻的《初秋山间的幻想》，我也不由生出了一些幻想。这些幻想该怎样表述才合我的心意呢？

想了又想想了又想，还是觉得搁在心里牢靠些。

我们生活在一个没有个性的时代

这个命题会让很多人感到困惑，这是很理论的态度。不很理论的态度是认为洪峰落伍了，对新事物接受不了了。需要申明一下，庄主没有胡说八道的习惯，涉及时代定性问题更是小心谨慎。要整明白个性，不必去查词典更不必找经典论述来佐证，只需要把这两个汉字的全部意思整理一下就可以了。我的概括：个性就是排他的个体的特性，通俗了说就是单一的和与众不同的。拿时下流行的话说：我就是我！不管怎么绕乎，个性都不能是趋同的，必须具备排他性。于是又回到起点了，没法子。

我说我们是生活在没有个性的时代里，主要是缘于对人类文明发展不同阶段的判断。按理说时代进步最显著的标志就应该是个性的充分展示，但实际情况刚好是共性淹没了个性。这是人类文明演化至今的最大悖论，也就是说没有谁对谁错或者互为对错，没有进步了还是退步了或者是互为进步和退步。

这是现实。

当人类生活处于相对封闭状态的时候，个性和共性都呈现在各个群体中间。一个群体和另外一个群体产生联系时，彼此都很容易展示个性。这些个性体现在他们各自的生活习惯和文化传统中，举手投足都显示出新鲜的个性魅力（当然在对方的判断中也可能是丑陋的）。这不是追求的结果，只是生活的结果：自然形成的个性。

相反的情形是：当人类生活很容易相互参照和相互影响时，个性就更容易扩展成共性。比如我们现今很习惯了拜拜表达再见，很习惯了V字形表达鼓励和庆祝，很习惯了飞吻，很习惯了说我就是我，我走自己的路……但事实上这些行为体现在个人身上的已经没有个性特征了。如果说还是个性，就只能局限于相对封闭的社会区域得以认可。比如超女制造了一个男性化的李宇春，这是一种个性。接下去很多女孩子都哈李宇春，也男性化。这就远离了他们渴望的个性，变成了别人个性的衍生物，产生出了一大群只有共性的人。比如说有野蛮女友打男人，就跟着产生一大群张口就骂人的小姑娘。原本是一种很霸道的个性，却又在这个时代高度发达的传媒灌输中变成了共性。你以为你是你，其实你压根儿就不是你；你只是你的偶像的另一张面孔。不幸的是你充其量是人家一个不确定的影子；你自己的确是自己，但还是那个平庸的自己。你最后还得回到没有"个性"的人生里厮混，直到有一天发现自己年轻时很愚蠢很呆痴。但是已经开始老了，最美丽的时光都耗费在撵着别人屁股后面寻个性了。

个性自由和表现个性都起源于西方的人文精神，它几百年来对人类的进步起到的作用很非凡。但凡事都不能违背自然法则，事关个性的理解也在此范畴。万事万物都不能脱离这个过程：产生——发展——高峰——衰退——死亡。所谓个性也同样经历这个过程，也就是说当时代演进到世界形同小村寨的时候，个性是很难产生或者说很难维持的，任何一种稍稍不同于以往的个性，马上就会演变成群体的共性。人们之所以比以往任何时候都强调个性，恰恰是因为个性难以实现。这已经和国家意识形态关系不大了，是人类共同扼杀了个性产生的生活基础。清楚了这个，你就不再为有无个性烦恼了。

我不是想描述人类文化史，我的动机是希望追求个性的人首先要领会个性在个人生命中的位置：它只是阶段性娱乐和自我满足的行为方式，不可以沉迷于自我欺骗，你的个性在现实生活中都能找到完全相同的印证。也就是说个性体现在你个人身上或许是新鲜的（因为生命体验对个体来说是不可复制的），但对于这个世界来说则是常规的有时候甚至是被淹没的。按人群划分就是群体的共性有别，你作为个体最终还是一个群体共性的符号。

一个人必须清楚自己的经历阅历和修养所能触及的长度，这样或许会比其他人多出一些特别的东西：比如大家都牛你不牛，比如大家都表现个性你不个性，比如大家都自恋你不自恋，比如大家都不读书你读书，还比如大家都开车你走路，还比如……简单说你的个性如果想得以相对的体现，你必须有能力和这个时代的共同特征不一样。往哲学了说，那就是你的思想和行为准则必须是背离时代的。但能这样做的人很少，不是勇气和胆量的问题，而是对生命和生活的总体评价问题。只有你对这个世界的总体评价与公众不同，你的个性才有可能产生。这种个性的产生不是勉强的和效仿的，而是自然而然地和你的生命态度统一呈现的。

　　如果我们能够较早地看清这些，就会减少自己的浪费，最大限度地把有限的时间用来强化自己的生存能力，有朝一日或许真的弄出一个有个性的人呢。那你就了不起了。

　　情感和人生、文学和艺术，战争与和平，皆如此。

人之患，在好为人师

有些人在现实中温文尔雅，到了网上逮谁骂谁而且骂得极其惨烈；有些人在现实中很孤僻暴躁，但在网上却温文尔雅和三教九流五花八门的人都能聊得来。两类人我都很同情，因为从传统中医学的角度看，这些人脏器或多或少都有问题，会随着问题的严重分裂得越发明显，直至无法治愈。

第三类人就很特殊了，这个人群数量很大，就是好为人师。这类人不管你说什么做什么，他都会出面教育你。庄主被教育的次数最多，原因是庄主不是那前两种人，而是有什么说什么，你骂我我也骂你的人。

有人说：你要有气度，你不要太敏感，你是作家不要和他们一般见识云云。

你说他们说的不对吗？绝对正确。这种时候庄主经常无言以对，虽然心里更憋屈了。

后来，后来有那么一天，我突然问：他骂我我回骂了就没气度，那别人骂你你怎么办？别人骂你的家人你怎么办？你还会说这些话吗？

我得到的回复经常是：

我只是表达一下自己的观点，你这么激动干什么？

你怎么谁说跟谁来呢？

你这人真让人无语。

被他们说得我自己也觉得自己是个坏人。

后来，再后来有那么一天，我问：你如果能做到像你教育我的这样，那我骂你和你的家人怎么样？你愿意试试自己的气度和胸怀吗？

这老师回复：你凭什么骂我？你怎么这么低俗？还作家呢？连小老百姓都不如。

我问：我还没骂呢你就开始攻击我了，说好的胸怀和气度呢？

我现在能告诉大家的是：我曾经邀请了好几位教育我的老师试一试被骂之后他是否可以保持风度和气度胸怀。很不幸，没有一个答应的。要么就说我不如一个地痞，要么干脆就不搭理我了。

孟子曰："人之患在好为人师。"

好为人师者长嘴巴只是为了教育别人，轮到自己，遇到半句不想听的立马什么假装的儒雅风度气度胸怀都不要了，马上开撕。

如果还有这样的人，我依旧会邀请他们来试试。我不需要准备特别惨烈的骂人话，最常用的就够了。

三十年，未必都可以诉说

1983年我在白城师专中文系教书，讲课还算受欢迎，原因大概是我自己写写作课讲义：我的理念是大学的写作课初中就上完了，应该做的不是重复而是进步，于是写作课变成创作课。我相信我教出的学生如今在各自的单位写作能力不会很差。

我自己那时候并不写小说，两个原因开始写小说的：第一个原因是当时中文系有个副主任看我哪儿都不对劲儿。我讲课受学生欢迎，他就在自己的课堂上说好的大学老师要有科研成果，也就是所谓的学术论文。我就憋着劲写了关于写作教学的论文，我敢说那是中文系头一个在刊物上发表的正规论文。他又跟学生说教写作自己不会写那就是蒙人，我就开始写。第二个原因是前后分到师专的青年教师住在同一幢学生宿舍，大家都写作，都说洪峰你中文系的不写作，说不过去。

那时候虚构能力比较差，写了一篇系里评职称的小说，结果人物太像真人，弄得系副主任带着那个老师找到我家里耳提面命了一回，那小说就扔了。

再后来写了《啊，小山岗上的白杨树》。

那是个爱情故事，有点儿腻腻乎乎的故事。大概是和同时期白城地区作者的爱情故事相比多出一点儿文学气息，当时的《绿野》季刊编辑朱光雪就发表了。那是我发表的第一篇小说，也是我头一次认识编辑。朱光雪和我之间后来的关系非常好，我大概很早就有轻度社交恐惧症，在我最初参加省里的各种文学活动时，都是他帮着我熟悉环境和人。他就像我的兄长，我心里也真的把他看成是自己的兄长。再后来我到了《作家》杂志社，他读吉林作家进修学院，学员和我的家同住某个管理局的招待所，我们接触的机会更多。我们之间很默契，这一点很像我和李不空之间的那种关系：很少聊什么，经常坐在那儿各想各的，但感觉很放松。我得说他写不过我，但这丝毫没有影响过我对他的尊重和感情。事实上也没谁可以写得过我，但我都把这些人当成自己的师长和兄长。我清楚文学是个大传统，我们每个人都是在这个传统中成长的。任何一种写作只要是善良的，都是好的。我看不上的只是作家协会里个别官僚，在他们面前我从来都倨傲。

这么多年来，我猜想我惦念他的时候比他想到我的时候多，我总是想他能有机会到我这里来住一阵子。

三十年是很漫长的个人时间，但可回忆的事情未必都可以诉说。只是那些阶段性起点没什么可以回避的，但说起来总是有些伤感。在白城，曾经有过我的家，我的亲人们如今只有一个表妹和表弟还在那里。我一直想回白城看看，但一直没能如愿。

希望还有机会。

享受生活的直接理由

人的生活中经常会发生让人难过的事情：失去朋友或者恋人或者是亲人，其中有些丧失有可能使人感受到人生无常甚至减弱了活下去的兴致。但是如果你在1990年开始的日子经常看电视，你会看见多国部队的飞机和导弹怎样轰炸伊拉克，你还会看见成百万流离失所濒临死亡的人群；1995年，你依然能看见波黑共和国的战乱、索马里的难民和俄罗斯向车臣的进军。进入21世纪，"911"事件和伊拉克战争、马德里"311"爆炸和伦敦地铁站内无辜的死亡……

如果你是一个善于平衡生活的人，你就会在这种时刻意识到幸福就在你身边。看着周围的和平光景，人才知道幸福的含义也许仅仅是"没有战争"。

作为一个几十岁的中国人，或者可以说幸运。虽然有过中苏、中印、中越战争，但这些战争毕竟没有能让所有中国人吃苦。中国实在太广阔了，将近十年的战斗数万生命血洒疆场，但硝烟和枪声仍旧没有影响普通中国人的日常生活。

童年和少年时，喜欢刀枪喜欢打仗近乎痴迷，上大学之前依然觉得不能当兵是生之遗憾。如今，个人兴趣最集中的是读那些描写战争的书，看那些展示战争的影片。但我知道自己内心里最害怕的就是战争，这种害怕甚至发展为听不得鞭炮爆炸：每临节日便是我足不出户的日子，鞭炮声让我心惊肉跳，时不时会产生大难临头的那种恐慌。

没能亲历战争，只是从书中获得了对战争的感受。第一本书是雷马克的《西线无战事》，这本书使我头一回感受到战争的残酷、灭绝人性和对同类自身的伤害。第二本书是海明威的《太阳照常升起》，这本书让我知道战争的结束不意味着恐惧和伤害的消失，它以更深刻的精神形式给人类的生活造成扭曲。这两本书给了我共同的启示：战争中人类没有胜利者，它是人类整体失败的暗示，是人类自己导致毁灭的最直接途径。

回到眼前，你可能在一些时候不如意，但你毕竟不是生活在枪口下。至少，你不必担心有一枚激光制导炸弹突然间降落在头顶，不必担心B-52轰炸机对你和你的亲人实施"地毯式"轰炸；没有亚热带丛林里的蚂蟥和陷阱，没有黑龙江严冬中的坦克和无后坐力炮。你还要什么呢？上帝给了你人类生活最美好的瞬间，如果你依然不满意，确实可以放弃生活。

有专家统计，人类有文字历史几千年，没有战争的岁月还不超过一百年。和平多么珍贵，珍贵得如同钻石。

无论如何，战争没能阻止人类继续存在，战争也没能阻止战争，它甚至也成了人类发展的一个手段。

讲这个只是想说：从绝对意义上看，和平也是战争。商战、文化战、足球大战、离婚大战、爱情大战……每一种战争，都是给予也都是索取，都是安慰也都是伤害。

你总是想做胜利者。

你最终没能胜利。

网络写作

有人问我对网络文学的看法。这是一个危险的问题，最大的危险来自网络发言本身是很少经过大脑的。危险的主体是那些不写作却认为写作很容易的人，更多的那些把跟帖和骂人当作写作的人。这些人甚至不想看别人怎么说，他的乐趣只在于我反对。

我的回答开始了：

网络阅读的特质或许造成了网络写作与生俱来的不幸，它必须是快捷的，必须要及时供应网络阅读者闲暇时的快速浏览，还必须用最简便和最残暴的方式催眠挑剔者的警觉。这当然首先需要超常的才能，其次需要健康的身体，最后需要写作者和读者的精神世界完全合拍和必须合拍。

我读过一些网络小说，很厚很厚，60万字到90万字的都有；也了解过一些年轻的网络写作者的写作状态。于是我推测这种写作不是要放弃思考，而是没时间和精力去思考；这种写作不是要放弃精致，而是不需要精致只需要讲述。它的了不起体现在写作者要在受限的时间内完成很难完成的写作数量，它要求写作者具有超常禀赋和超常体质。网络写作和其他写作方式一样，最终成功的只能是少数人。这同样证明了一件事：不管是什么样式的写作，都只青睐有天赋并且坚持长久的人。也是从这个意义上说，我个人对网络写作充满敬畏，它是我这种思维速度快于语言表达速度的人难以完成的工作。当我们按照当下流行的说法把网络文学和传统文学的写作用汉语表述的时候，你感受到的是两个刻意制造的敌对词汇。文学就是文学，何必一定要细分如此？文学的产品最终不会按照你所使用的载体和工具划分优劣，更不会因为载体和工具决定哪一部书给文学史留下记忆。

说到这里，其实谁都不难得出结论：哪一种写作都只适合一部分人，所有写作者都只是文学传统长河中微不足道的一抹浪花；哪一部分人都有必要反思自己的欠缺，彼此需要的是相互尊重和赞美而不是鄙视和相互踩踏。真实的状况是每个人都活得很苦，就不要硬着头皮舍我其谁了是不是？

文学，只要人还在，是不死的。

死的是人。

写作者之爱

每个人都有成为各种大师的机会，就如同谁都有机会成为英雄或败类一样。每个人的生命中都存在着人世间所能展示的全部才能和愚蠢，任何人的成功和失败都潜伏在他生命的深处。只是成长的过程中丧失了某一部分，成为让人羡慕的大师的可能就变得有些渺茫。这种丧失往往在不知不觉中，可能是在自我满足的收获中，可能是在与人奋斗的其乐无穷中，也可能在持续努力之后的疲惫里……任何的成功都伴随着其他领域的失败，只是专注于特定领域的痴者才有更多的机会在某个领域里获得成功。

比如说作家，我指的是那些文学史意义上的作家（不是自封的和在几个人吹捧中诞生的，是文学历史淘沙后的产物），他的成功得益于他放弃世界和生活已经显示出的其他机会，他只专心于文学的劳动。从最普遍的意义上看这些作家，他们在很多领域里都是低能儿。这种情况和他们的智力无关，他们太过专注于单独的领域了，大部分人生经验都用在表达精神和心灵了，这和科学家哲学家的低能儿殊途同归。

更多的人喜欢文学而不能成为文学的继承者和创造者，不是因为才能和愚蠢与他人有什么多寡的不同，主要的也就是爱好太多需求太多欲望太高分神太多。想要的东西太多了，最大的可能就是在文学领域一无所获。当然，把写作看成一种爱好，如同你喜欢足球但踢的是那种穿胶鞋小场地的足球：它可以给你的生命增添些许乐趣和活力，也是一种成功。我所说的成功和这种成功是两回事，和爱好无关。

现实世界中的好东西非常多，金钱、美女、酒宴、高档服装、卡拉OK、奔驰轿车……对哪个人都有十足的诱惑力。写作则不同了，它的诱惑非常抽象并且和艰辛与孤独相伴，它暗示了一个人的生命消耗和生活享乐不成正比。写作者大部分时间自绝于如火如荼的现实享乐，他被自己所设想的人类前途和同类命运折磨得困苦不堪。在世人眼中，此类作家要么愚蠢之极要么精神偏执，况且文学艺术史又提供了无数例证：比如说茨威格和海明威的自杀，比如说陀思妥耶夫斯基的精神分裂，比如说卡夫卡的逃婚和托尔斯泰的晚年弃家出走，比如说萧红的英年早逝和普希金的决斗……从精神和心灵的意义上讲，成为文学家的内在条件是他和他所处的时代生活以及时代精神呈某种对抗状态（它的反面是随现实生活和时代精神共同行走的人意味着丧失了成为作家的可能）。再强调一回，我指的是人类文学史意义上的文学大师，和洪老汉这个层面上操作文学的人毫不相关，后者最大限度是喜欢球赛的人。

我的想法很单纯，不要轻易告诉别人："我爱文学。"这就如同不能随便说"我爱你"一样，它必须是你内心的一种深切感觉，甚至涉及了一个人的生命品格。和"我爱钱"不一样，作家也爱钱，每个人都爱钱，因为它能从实在的生活兑现出吃喝穿用和生命体的延长。爱文学则不同了，你愿意用五百元的稿费损失十年的寿命和能见的快乐吗？

西北的一位作家有一个正读中学的女儿，这一天家人看电视，看歌剧《白毛女》。演到大年三十杨白劳躲债回家，从怀里掏出红头绳比画给女儿看，女儿喜儿大喜。爷儿俩你唱一段我唱一段，大意是人家的闺女有花戴，你爹我没钱不能买，现在只能扯了二尺红头绳，扎呀么扎起来呀！

这时候作家女儿突然说："穷成那个熊样子，还不嫁给黄世仁干啥？"

作家一时间被女儿的评论弄得无话可说，过了半天才说：

"你……我……那……大春怎么办？"

在那个当代中学生眼里，喜儿有点儿死心眼儿：放着有钱有势的黄世仁不嫁，却偏偏为穷小子大春海枯石烂不变心。21世纪的小姑娘着实不理解喜儿图个什么，这怪不得孩子们。在当今的时代，爱情和性之间的联系比较疏离，中学生处女数量骤降便是证明。当然这篇文字没有"救救孩子"的念头，我只是用这个细节转喻作家和文学之间的关系，也算是写作者的职业怪癖。

文学就是那个穷小子大春，写作者就是那个痴情傻瓜女子喜儿。跟了大春有吃不完的苦有受不尽的穷，但喜儿只爱大春，于是什么都认了。

向前看和向后看

　　年轻人向前看，老人向后看，这似乎成了规律。一个叫科恩的美国学者甚至说：人类进步的历史就是年轻人战胜老年人的历史。我一直欣赏这个美国人的想法，虽然在不远的将来我也是老人。

　　世界的悖论又一次在这里产生，指点人生、教育后辈、操掌年轻人命运的恰恰是老人。在家是父母，在外是师长是上司，这同样也是规律。你服也得服，不服也得服。

　　我熟悉的前辈看见了现在的贪官污吏和物欲横流，说："50年代的人可不这样，没这么坏更没这么复杂。"前辈在这种时候忽略不计了当年反右斗争和"大跃进"。

　　如果可以换一个角度呢？比如说和肉体稍微远一点儿的角度，和精神稍微近一点儿的角度。这时候你会发现向前看和向后看都是出于对现在的不满意，都是想把现在变得和回忆的那样好或者和想象的那样好。

　　在中国，向前看和向后看在精神上从相反的方向绕回到同一个起点上，向前和向后都失去了革命的意味。年轻和年老之间的斗争最可预测的结果是同归于尽，这种结果对年轻的生命来说大概不那么让人欣慰。老年人在当代中国倾向于时间可逆，年轻人则放弃时间。从精神的角度看，都是死亡和绝望的同类。

进入改革开放时代的中国，在物质和精神上都处于一种没有准则的状态中，在贫困的现实在西方的富有面前自惭形秽，急于赶上世界先进国家的愿望很难使人心平气和，一时间的金钱至上和物欲横流成为时尚和必然。但年轻人和老年人在这种现实中经历着不同的痛苦，痛苦的标志就是毁灭了曾经的理想和新的理想不能建设。老年人只剩下"一代不如一代"的诅咒。年轻人呢？只知道"在意今朝拥有"了。

据说如今的"大款""大腕"给女人送鲜花更让女人喜欢，看上去是一种注重精神的表演，其实你知道那只不过是一种时髦，与此相随的必须有物质和金钱的支持，只是调整了一个顺序，要的是一种自欺欺人的心理平衡。

一种新理想的建立前提是打碎旧理想。回忆一下中国的改良历史，再看看现实的生活，你不会有什么更让人心胸坦荡的结论。在这种历史和现实的背景下，什么都打了也什么都没有打烂，什么都建立了也什么都没有地基。麻烦大着呢。

在美国，20世纪六七十年代滥觞的性解放给当今的美国人带来了"爱情新古典主义"：性已经不再是禁区，但人们正把性和心灵的结合放在首位。完成这个过程让美国人付出了沉重的心灵代价，几乎一代人差一点儿就成了人类的负担。但当代有些中国人不仅看不见这个代价，甚至连美国人性解放的出发点都一无所知，因而也只能是用鲜花当金钱，拿卖身当爱情了。或许，这也是一个必需的过程，让人不值得的是整整一代甚至几代人都要为这个过程毁坏尊严和生命。

向前看向后看都不应该成为保守和革命的标准。标准的划分其实不多，比如说建立一个自尊、自爱、自强的内心尺度；比如说喜欢和大款上床或者和穷人睡觉，只要你以爱为动机都将和美丽相联系；比如说你有一千万或者只有一百，只要你不以伤害他人的手段获得，都是富翁；比如说你当名人或者街头杂耍，只要你自己不放弃尊严，都是辉煌的事业；比如你写小说或者读小说，只要你的愿望是与人沟通心灵，就都是生活的创造者……

比如……对同类也对自己心存悲悯和怜惜……

梅里美和人类理想

在欧洲，在美国，曾经产生了许多文学大师，托尔斯泰、巴尔扎克、梅里美、肖洛霍夫、海明威、福克纳、陀思妥耶夫斯基、卡夫卡、纪德……我主要讲小说大师。在时间进入20世纪60年代之后，欧洲和美国再没有小说大师产生，虽然还有一些相当不错的大师活跃在文坛上，但他们的创作再也不能和自己的前辈同行们相提并论了。曾经有一位美国作家说，当代美国文学丧失了文学最根本的东西——理想。不知道这个美国人所说的那种东西对中国当代文学是不是同样根本，更不知道那个美国人的理想和中国人的理想是不是有相同或相近的价值取向。

人类的理想毕竟不因种族和地域而南辕北辙，比如说对和平的渴望，对爱的珍视，同情心、宽容、诚实，所有这些人类本性中难以张扬的部分，都应该是人类自身完美的理想所在。中国作家和美国作家在这里不会因为政治和社会形态的不同而产生出对抗。从来都说："科学没有国界，科学家有祖国。"作家的祖国给作家提供素材提供可见的生活，它只表明中国作家写不出美国作家的环境和文化，美国作家也是同样。无论如何，人类共同理想的表达绝对不应该因为环境和文化产生障碍。在美国和欧洲，当代作家有着他们的前辈不能比拟的物质享受。梅勒这样的作家不仅有嫖妓的习惯，还酗酒成性甚至和吸毒者一样吸食大麻和海洛因。梅勒写出过一些很好的小说：《一场美国梦》《裸者和死者》《刽子手之歌》。他的写作完全给现实的罪恶控制了，他有能力描述人性中的黑暗，却没有能力唤回他自己对人类对世界的温暖幻想，这使得他所有著作加在一起也很难达到他的前辈海明威一部《老人与海》的高度。

回到当代中国，作家们还基本没有建立起自己的人性理想，更是绝少思考人类共生的理想。苛刻一点儿说，中国作家的理想要么建立在物质主义原则之上，要么建立在西方后现代主义或者后现代主义哲学之上。误差产生在中国作家忽略了人类精神的连续性和诸多永恒准则：现代哲学对现存世界的描述是为了提醒人类对自身前途的关心，它试图唤醒沉迷于物欲世界中的的同类能够重振古典精神。如果中国作家能在这个哲学的基础之上再爬升一级台阶，文学中的理想便是人类理想的中国式表达。遗憾的是作家们只能满足于用形象和推演去重述哲学的结论，完全可以这样说。作家们在自我感觉良好的形象演出中最先丧失的是自己。

法国作家梅里美的小说《马铁奥》我几十年不能忘怀：马铁奥枪杀了他自己唯一的儿子，只因为那孩子为贪图一块银表而出卖了一个政府军正在追捕的逃犯。小说写得朴素之极又惊心动魄，它长久地让我激动和慨叹，但我一直说不清楚自己到底为什么会这样。随着时间的推移，随着生活的演进，有那么一天我似乎突然就明白和领会了梅里美的想法。

《圣经》里说："因为有法律，你有了罪。"在宗教精神的世界里，任何政治的、法律的、伦理的，都不能够真正改变和拯救人的心灵。宗教精神需求的是一种绝对意义上的爱、忠诚、友善、同情、宽容、支持……当这些因素以绝对意义呈现时，仇恨、敌对、出卖、冷酷、狭隘、偏执……便是罪恶的渊薮。梅里美的《马铁奥》正是在宗教精神的层面上表达了他对自己对同类的理想。需要说明的是，宗教精神和一般所指的宗教派别、派别的教义和教规关系不大，它是蛰伏在人类精神和心灵深处的一种情感和愿望，它体现的是一个人对同类以及对自身的前途和命运的最终关怀，它深藏于人类精神生活的各个领域之中。

阅读当代西方文学作品和当代中国文学作品，缺少的只是这个。

阅读的回忆

一

如果说阅读小说对文化人是一种需要，那么体现在小说家身上便是一种领悟。其实一个普通人阅读小说所能领会的东西在某种程度上也要超过哲学著作或宗教箴言。但对小说的误读也会使平庸的作品变得红极一时，使优秀的小说默默无闻。当一切都以市场和盈利为起点的时候，人为引导造成的文明杀伤就更加可怕了。

比如说曾经畅销中国大陆的《廊桥遗梦》（我更喜欢它原来的名字：《麦迪逊县的桥》），许多我欣赏的作家谈论起它时所流露出的激赏神情让我感到惊奇，他们的评论使我误以为是在评价纪德的《窄门》或者是菲茨杰拉德的《大人物盖茨比》。我读了这本书。我的评价是它只相当于港台言情小说的水平——如果美国也有自己的"港台"作家的话——它只比港台小说多出了一点儿当代美国人对温情的渴望和对古典情调的爱情往事的怀念。还不能涉及语言问题：英语和汉语的转换必定会有所损失。如果说中国的文化人和美国中产阶级怀有共同的梦想，我很鄙夷地认为那属于中国文化人在力争做假洋鬼子吓唬中国普通人，他们的生活理想尚未登上那座小小的麦迪逊县的桥，距离那座比较大的桥更显得尤其遥远。

比如说米兰·昆德拉，他确实有不错的小说《为了告别的聚会》和《搭车游戏》等。但整体看昆德拉，还是属于政治泼妇骂街的写作类型。当初还不理解中国文人那般大唱赞歌的理由，现在终于清楚一些了：中国作家对自己的得失相当敏感，想骂街又受到限制，充其量写一点儿俏皮话调侃几句，和当官的使使鬼脸，再转过屁股跟百姓伸伸舌头，最后再饶上一串老百姓讲不好的政治笑话……昆德拉的肆无忌惮狠狠刺激了缩头缩脑的中国文人，于是这个现今生活在自由世界里的东欧人就演变成了中国文人潜意识里的自我，说到底赞美昆德拉就是激励和赞美自己了。至于小说本身的优势是什么，至于作品的艺术含义在哪里，至于它对人类的价值如何展示，更可以忽略不计了。

比如说普鲁斯特，长长的《追忆似水年华》。都说好啊好啊都说伟大啊伟大，但一直没有看见哪个中国大师说说清楚好在哪里伟大在何处。直到最近才知道大部分普鲁斯特"铁丝"连一半也没有读完，还有更无耻的阅读：看简介再看看别人怎么说然后就自己也说，也成了南郭式专家。如今这类型专家和学者太多，经常唬得你一愣一愣的。

一定是米兰·昆德拉给了我教训，从他开始我一点儿一点儿学会了读书的选择：凡文化圈文学圈一致叫好的东西一定不会是一流的，凡是批评家们赞得最热情的东西大半是垃圾。我一直觉得自己有理由憎恶那些在文坛兴风作浪想一统江湖的家伙们，他们总是要想法子引经据典地胡说八道浪费你的时间：

谋财害命。

二

　　写作者的精神个性是很难把握的，里边有相当隐秘的心灵死角永远不为人知，甚至他自己也无法知晓。你能做到的只是对可能性的推测，这种推测即便是公众所认同的，也会埋没甚至曲解一个写作者最为个性最为深邃的那部分思想。也正因为这样，传世之作才能被人阅读和分析几百年和几千年。而追寻一个人的阅读记忆，基本上可以找到一个阅读者的精神方向。我很欣赏格非的一个说法，他大意是说一个作家其实有相对固定的叙述领域，他们一生几乎都叙述大致相同的主题。

　　我自己比较看重那些和战争有关的小说，也喜欢比较纯净的爱情小说。《丧钟为谁而鸣》《太阳照常升起》《西线无战事》《静静的顿河》《这里的黎明静悄悄》《钟归阿达诺》《情人》《战争与和平》《冰岛姑娘》《永别了，武器》《霍乱时期的爱情》……我感到惊奇的是自己记住的只是个别的细节。我想，一个阅读者对那些细节的记忆大约便是内心需要的一种特殊构成，它们肯定对我的创作有不容怀疑的影响。我从第一篇小说开始就喜欢去描述人的内心世界和感情生活。后来，随着读写能力的提高开始讲述战争与和平人性与情感的故事，写《喜剧之年》《和平年代》《东八时区》《生死约会》都是这种情形。我猜测，这肯定和自己的阅读记忆有关，至于自己更复杂的内心历程，几乎无从寻索，我情愿它是永远的秘密。

二十几年前第一次读《西线无战事》，读完后眼前不停出现那个德国士兵被一粒子弹击中身亡的样子。许多年后又一次读《西线无战事》，依然记不得更多的东西。我想，小说的某个场面或细节进入你的记忆，大概是一个写作者（也是读者）的个性所做的无意识选择，它大概就是你的写作生涯对某种永恒性主题的暗示和确定。无论你怎么试图变化，你都无法从你的个性规定中突围而出。

你很容易注意到某个作家只能写某种小说，如果你们交换阅读感受，就会发现作家阅读小说的选择也有相当的不同。我说的选择其实专指每个作家特殊喜欢哪一类作品和排斥哪一类作品，喜欢和排斥的选择从他们自己的创作中很轻易就能找到痕迹。当然，人云亦云的作家不在少数，他们不看作品只看评论或内容提要，所以他们也实在写作不出和自己的精神生活相关的文字。当然这一类作家往往很受公众欢迎，因为公众从他们身上印证了自己。说起来每个人都有自己的活法，只要他别对未来指手画脚就成。但问题在于这类作家或者批评家对文学的发展会起误导作用，会给本来就很失衡的创作带来更大的混乱。

三

写小说的时间一天天增加着，读小说的时间同样增加；在一些时候回忆，便是扪心自问的忐忑：在小说家写出小说之后，你给了小说什么回报？回忆的结果非常懊丧，熊瞎子掰苞米掰一穗扔一穗。或许还不如它呢：熊瞎子在最后终归夹一穗在胳肢窝里，小说家有没有最后那一穗玉米呢？

刚写小说的时候，读小说就觉得有可学的东西；小说写得有许多人称赞的时候，还是觉得许多小说有可学的东西；写了上百万字的时候，经常回忆的是读过的小说都记住了什么。回忆的结果让人惊讶，能记得牢靠的是极少数的细节，都学到了什么却清理不出？学到了什么没有呢？

少年时生活在小县城里，那里没有更好的文学收藏；一个县图书馆里也没有几本能看的小说，更很少见到外国小说。我至今记忆清楚的细节和人物都是和中国人俄国人有关的小说：有一本书叫《草原烽火》，里边有一名叫巴图吉拉嘎热的男青年，有一个叫乌云琪琪格的女青年，还有一个朝圣的老太太手里拿一块砖，她走一步便跪下去磕头，她往砖上磕自己的前额，磕完一次就将砖换一面，砖上已经血迹斑斑。老太太到什么地方朝圣我记不得了，但一直能想象出她磕头前进的样子。两个年轻人在那部小说里双双出逃，他们骑着一匹马出逃。他们一天晚上宿在山洞里，都干了什么我回忆不出，似乎没有干什么——当时的小说很难干什么的。我只记得第二天早晨，乌云琪琪格在一潭积水前梳头洗脸，她看见了自己苹果一样清新的面孔，然后看见了巴图吉拉嘎热的面孔。

印象中的《草原烽火》是很厚的一本大书，我记不得作者的名字。如今回忆读过的小说，我仍然对这个被我遗忘名字的作者怀有敬意，他在我的记忆里应该是时刻牢记的人。我又想，作者的名字就是他的小说或者某一个细节或者人物，这种不死来得久远些，它可以是作者永恒不死的灵魂。

还读过一本《边疆晓歌》，作者似乎姓黄。记得几乎反复阅读，云南的风光从那本书里第一回领略。书里有一个知青回昆明（成都？）办公事，进了澡堂子洗澡，搓澡师傅知道了他是知青，就非常热情地给他免费搓后脊梁。两个人不停地说话，后来毛巾上沾了许多鲜血，师傅才知道知青脊梁上的黑色是高原阳光照射出来的颜色，师傅一直以为小伙子积满了污垢。

还读过《钢铁是怎样炼成的》，只记住了冬尼娅和保尔在河边的故事；读过《珍妮》，只记住了一个雪白的大屁股；读过《安娜·卡列尼娜》，别的没有记住，只记住了那列飞驰而来的火车……

读过一本章回体的小说《破晓计》，好像是写刘伯承邓小平率军挺进大别山的故事。记得书里的几个人物，一只手的黑丑，还有被白匪军钉在墙上的方光武（？）。白匪用大铁钉把红军方光武钉在墙上，方光武还能挣脱开手臂打了白匪军一个耳光。那个场面在脑袋里藏着，直到有一年读了《新旧约全书》，读到耶稣被钉上十字架，一下子就想起了那个红军方光武。读过许多中国小说，能记得的东西大都属于爱情和战争范围，那肯定是一个少年的英雄崇拜和性觉醒时期的天然结果。这种东西在成年之后仍然没有消失，它不再以做梦的形式出现，而变成了一种有意地创造：写小说。

后来读了《静静的顿河》，读了《西线无战事》，感受了命运的力量和战争的可怕；读了《灯塔看守人》和《上校无来信》，还有《墙》和《荒原狼》，体验了孤独的折磨、等待的不幸、死亡的恐惧、怀乡的疼痛……但我所能回忆起来的，依然是几句话，某个场面和某个细节。

比如那个退休上校等不来他的退休金，家里什么东西都快要卖光了。老伴儿摇晃着他的衣领问他以后吃什么，上校回答说：

"屎！"

这个回答震撼我的一生！

我的阅读从来没有记笔记的习惯，现在读小说，仍然没有形成那个习惯，我确信凡能打动你的用不着记录。记忆力其实是心灵的筛子，它很严格地筛落不符合你内心尺码的东西，留下那些恰好进入自己内心的部分。时间和生活会使人把它们排挤出记忆的领域，但它们始终生存着，只要时机适合，它们就会苏醒，就会成为你写作的开始。

结　语

从阅读小说的经历中逐渐体会了写作的艰难，让我学会了既珍视自己的创作又低看自己的创作。创作后的快乐很难和阅读后的胡思乱想相比，每读了一本让人胡思乱想的书，就会在一定的时间长度里不敢拿起笔来写小说。在这种时刻，会很不负责任地觉得批评家比小说家拥有更多的幸福，指手画脚想怎么说就怎么说，这个"小说批评""那个小说批评"还能借机成名，写小说就只能听凭别人评头论足。那段时间终究会过去，在自我责备中又会觉得写小说还是别有乐趣，其乐趣无法言说。

如今读小说，经常不能读完。原因很简单也很深刻：一部书并非都是精髓，往往被其中的某部分震动并迫使你进入深思长考，然后你便进入不见文字的创作状态，这种状态的结果便是文字创作的起始。这部作品大约要在搁置相当一段时间之后才能重新翻开，继续的结果往往不再唤醒激动，你只是读完了。更多的作品读过之后生出的敬畏，除了前边提到的那几部外国小说之外，还有许许多多用不着列举的杰作。敬畏使你在读过之后还有再读的愿望，虽然在你的记忆中是支离破碎的东西，但它们足以折射出一个作家和一部作品的全部光芒。这里用得着最俗气的说法：一滴水能折射太阳的光辉，那肯定赤橙黄绿青蓝紫了。

对于一个读小说的人来说，幸福和不幸也在这里：并不是每一缕回忆的光芒都能进入你的内心视野，大部分回忆只是耀眼地一闪，丰富的色彩在你的眩晕中永远躲开了——回忆对于这种情形负不起更多的责任，它已经完成了它所能够完成的全部使命，发现和感觉乃至描述那些色彩永远不是回忆的专长。

这些，大约就是老汉有关阅读小说的一部分回忆了。